level.21

光と闇を切り裂いて征け

十文字 青

イラスト＝白井鋭利

Grimgar of Fantasy and Ash

Presented by Ao jyumonji / Illustration by Eiri shirai

Level. Twenty One

「きみがいたところとは、別の世界だ。
グリムガルと呼ばれている」

「……別の、セカイ。グリム、ガル……」

リヨ
ランタとユメの子孫。
ヨリの妹。
ヨリ
ランタとユメの子孫。
リヨの姉。

灰と幻想のグリムガル level.21

光と闇を切り裂いて征け

十文字 青

OVERLAP

イラスト／白井鋭利

1．笑いたければ笑えばいい

あの朝は寒くて目が覚めた。

テントの中は冷たく湿っていた。父さんも母さんもいない。先に起きて外に出たのだろう。少しでもいいからあったまろうと、くたびれた毛布を頭まで被《かぶ》ったら、出入り口の幕が開く気配がした。父さんか母さんがテントに入ってきた。毛布の上からきつく抱きしめられて、母さんだとわかった。

「あのね、マナト。父さんと話しあったんだけど。街に行くことにしたから」

母さんにそう言われたとき、どう思ったのだったか。マナトはよく覚えていない。でも、街に行くことを、街に住むというふうには理解していなかったような気がする。それまでも、街には行くことがあったし。

父さんと母さんはハンターだった。ハンターというのは、弓矢とかボウガン、槍《やり》やナイフで獣を殺したり、魚を釣ったり、網だとか仕掛けで獲《と》ったり、木の実やら果物やら茸《きのこ》、山菜、香草、薬草なんかを集めながら、あちこち移動して暮らす人びとのことだ。

マナトも物心がつくと自分のナイフを持っていたし、どれが食べられる木の実で、どの茸や草木は確実にやばいのか、注意しないといけない虫、蛇、等々、最低限のことはいつの間にか知っていた。父さんか母さんに教えこまれたのだろう。わからないときは二人に訊《き》いた。母さんは毎回丁寧に答えてくれたが、父さんには、自分で確かめてみろ、と言われることもあった。ちょっとだけちぎって舐《な》めて、なんともなかったら口の中に入れてみて、時間が経《た》っても変なことが起こらなければだいたい大丈夫とか、そういうやり方も、マナトは幼いころから心得ていた。

ハンターはマナトたち以外にもいた。大物を狙う場合や、獲物を群れごと狩ろうとする際には、他のハンターたちと手を組むこともあった。ただし、長期間、他のハンターたちと行動をともにすることはなかった。複数回、組んだハンターもいるが、顔はなんとなくしか、名前はまるで覚えていない。

ハンターたちが立ち寄る集落を、マナトは何箇所か覚えている。そうした集落には、十軒かそこら家が建っていて、小さな畑があって、いつ死んでもおかしくないような年寄りたちが住んでいた。温泉が湧いている集落もあった。その集落は、街の連中に襲われて占領されてしまったらしい。

街は集落よりも大きい。ずっと大きい。数えきれないほど家があって、人が大勢いる。腐るほどいる。街には市《いち》が立っていて、物を売り買いできる。ハンターは、その手の市で毛皮や肉を売り、織物の服とかナイフとか、釘《くぎ》とか接着剤とか、自分では作れないような物資を手に入れるのだ。でも、用がすんだら長居はしない。街住みのやつらはハンターを見下しているし、警戒してもいる。さっさと離れたほうがいい。

父さんと母さんはハンターで、だからマナトもハンターだった。

街に行くことにした。

また街に行くんだ。

マナトはそれくらいに受け止めていた。

勘違いだった。

大間違いだ。

父さんと母さんに連れられて、まずニコウという街に行った。ニコウには前にも来たことがあって、トーショーグンとかいう金ぴかの建物を遠くから見物した。ところが、目的地はニコウじゃなかった。マナトたちはニコウを素通りしてそこから半日歩き、ツノミヤという街に辿《たど》りついた。

ツノミヤは初めてだった。見たことがないくらい大きな街だった。どこもかしこも建物だらけで、どんなに細い通りにも人がいた。間違いなくものすごい数の人間が住んでいるはずなのに、道端や路地に死体が転がっていないのだ。街には蠅《はえ》がたかった死体がつきものなのに。鴉《からす》は多かったが、何でも食らう犬や豚はうろついていなかった。もくもくと黒い煙を上げる化け物みたいな建造物がいくつも建っていて、街全体がぼんやりと煙っていた。人の話し声や怒鳴り声や叫び声、それに何だかわからない物音で、とにかくやかましかった。

ツノミヤには有刺鉄線付きの塀に囲まれたハチマヤーコーエンという場所があって、鋼鉄製の頑丈な門の前に信じられないほど長い列ができていた。父さんと母さんがその列に並んでいる間、マナトはどこかで時間を潰していないといけなかった。でも、腹は減ったものの、退屈することはなかった。マナトと同じように、親が列に並んでいる子供が何十人もいたからだ。マナトはそいつらと適当につるんで、お互いのことを話したり、ツノミヤについて教えてもらったり、物を拾って歩いたりした。

ツノミヤを取り仕切っているボスは市長と呼ばれていて、そいつはヤクザらしい。ヤクザのことはマナトも知っていた。ヤクザは髪を剃《そ》っていたり、変わった色に染めたりしていて、必ず入れ墨をしている。派手な色の服を着て、これ見よがしに武器を持っているし、数人かそれ以上で歩いているから、すぐわかる。街ではとりわけ気をつけないといけない。怖いやつらだ。ヤクザに睨《にら》まれたら、何をされるかわかったものじゃない。

街のボスが、ヤクザ?

どういうこと?

ヤクザはおっかなくて悪いやつらだとマナトは思っていたから意外だったが、じつはそんなにめずらしくもない。よくあることのようだ。みんなそう言っていた。

父さんと母さんは丸二日近く列に並んで、やっとヤクザの市長に会うことができた。まあ、会えたといっても、面会したのは市長本人じゃなくて代理のヤクザらしいが、父さんと母さんはツノミヤに住みたいとそいつに頼んだ。それで、オッケー、いいよ、ということになって、市民登録とかいう手続きをすませた者には、ヤクザの市長から仕事とタコ部屋が与えられるのだ。

タコ部屋というのは、市営団地と呼ばれている集合住宅の一室だ。テントよりはよっぽど広いが、天井が低くて、マナトは大丈夫でも、父さんと母さんはまっすぐ立つと頭がつっかえてしまう。

仕事のことについては、訊いても詳しくは教えてもらえなかったが、日が昇ると父さんも母さんもタコ部屋を出て、夜になったら帰ってくる。二人はどうやら、あのもくもくと黒煙を上げる化け物じみた建物に通っているらしい。その建物は、工場、という名前らしい。工場には作業長というヤクザがいて、そいつに命令されたことを、言われたとおりにやるらしい。これを、労働、と呼ぶらしい。労働するのが、父さんと母さんの仕事らしい。途中で休みが一回あって、飯も出る。なんとか食える飯だと、父さんは言っていた。

労働という名の仕事が終わると、紙の券がもらえる。

ただの紙切れじゃない。金券。金だ。

金はツノミヤとその周辺で物と交換できるから、父さんと母さんはそれで食い物を手に入れ、タコ部屋に持ち帰る。ツノミヤの市では、肉や野菜、果物だけじゃなくて、味の濃い汁物とか、麺物とか、粥《かゆ》とか、団子みたいなやつとか、乾物《ひもの》とか、揚げ物、串焼き、いろいろな食べ物がふんだんに売られていた。寝る前にオイルランプをつけて、みんなで飯を食うのが一番の楽しみだった。

ただ、父さんも母さんも、そんなには食わなかった。少しだけ口をつけて、あとはマナトに食べさせた。父さんと母さんが工場に行っている間、マナトはヤクザに絡まれないように気をつけながらツノミヤの街をうろついて、食べられそうな物を見つけたら何でも口に入れた。それでも基本的にはいつも腹を空《す》かせていたから、父さんと母さんは気を遣ってくれたのだろう。

それだけじゃなくて、二人とも、そこまで食べられない、という事情もあった。

ハンター時代から、二人はときどき足を引きずっていたし、父さんは左手の握力がほとんどなかった。母さんは両肘と右手首、左膝がとくに悪いみたいだった。たまに父さんから母さんの歯が抜けると、みんなで笑い話にしたものだが、よく考えると歯が少なくなったら食べ物をちゃんと噛《か》むことができない。タコ部屋に住むようになってから、二人はずいぶん細くなった。もっとも、その前から二人は痩せていた。

ハンターは罠猟《わなりょう》以外だと獲物を追いかけないといけないし、そういうとき二人は難儀していた。マナトが必死に獲物を追いたてて、二人が待っているところに誘導したりもした。獲物が急に反撃してきて、危なかったこともある。父さんが助けてくれて、マナトは嬉《うれ》しかったし、むしろ楽しかったくらいだが、二人は肝を冷やしていた。

父さんと母さんは、もうハンター暮らしは無理だと感じて、ツノミヤの街に住むことにしたのだ。

二人とも、そのうち死ぬ。きっと、そんなに長くない。

マナトはそう思っただけで、口に出したりはしなかった。父さんも母さんも、自分たちは死ぬだろうなんて言わなかったからだ。たぶん、死ぬのは仕方ないと、二人とも思っているだろう。誰でも、何だって、生きていれば死ぬ。生き物なら、死ぬのはあたりまえだ。でも、マナトがいるものだから、二人は困っているのかもしれない。マナトもいつか死ぬけれど、それまでどうやって生きていったらいいのか。一人でハンター暮らしをするのは難しいし。どのハンターも最低二人組だ。できたら三人は欲しい。四、五人いれば、もっと楽だ。

街でなら、マナト一人でも生きてゆけるんじゃないか。

そんなふうに考えて、父さんと母さんはツノミヤの街に住むことにしたのに違いない。

†

ある日、母さんが新聞という紙を持ってきて、それに書いてある字を読んで聞かせた。

母さんは字が読めるんだと、父さんは誇らしげだった。父さんは数を表す字と、他にいくつかの字を覚えているくらいで、字が並んでいる文章は読めない。母さんは頭がいいんだと、父さんは歯のないしわしわの顔をくしゃくしゃにして笑っていた。

ある日、母さんが本という紙の束を買ってきた。紙がばらけないのが不思議だった。どの紙も字でびっしり埋まっていた。昔、読んだことがある本なのだと、母さんは言っていた。ずっと、もう一度読んでみたかったらしい。それで、父さんがこつこつ金を貯《た》めて、母さんに買ってあげた。母さんは泣いて喜んでいた。泣いたままだと字が見えないし、本が濡《ぬ》れるからまいったと、母さんは笑っていた。読みたいし、読めるのに、読めないなんて。マナトと父さんも大笑いした。

ある日、母さんがマナトに字を教えてくれた。父さんと母さんが仕事に行っている間、マナトはあまり外には出ずに、タコ部屋で新聞だの母さんの本だのを見ているようになった。腹が減ってしょうがなかったが、マナトが字を覚えると母さんが喜んでくれる。母さんが喜べば、父さんも嬉しい。父さんも母さんもそのうち死ぬから、生きているうちに少しでも喜ばせたかった。

ある日、父さんが寝床から起き上がれなかった。母さんもつらそうだったが、なんとか工場に行った。母さんはあったかい汁物を買って帰ってきた。父さんは食えるわけねえだろと笑って、マナト、代わりに食え、と言った。マナトが汁物を啜《すす》っていると、うまいか、と父さんに訊かれた。うん、うまいよ。マナトが答えると、父さんは笑った。そうか、うまいか、よかったなあ。マナトも心の底から、うまいしよかった、と思った。母さんも笑った。よかったねえ。よかった、よかった。みんなで笑えるだけ笑った。父さんはもうすぐ死ぬから、今のうちに笑ったほうがいい。

オイルランプを消して、真ん中の父さんに、左右から母さんとマナトがしがみついて寝ようとしたら、タコ部屋にヤクザが怒鳴りこんできた。

「おめえ、なに勝手に仕事休んでくれちゃってんだよ。ふざけてんのか、おめえ。ただですむと思ってんのか、おめえ。すむわけねえだろ、バカおめえ」

ヤクザは光を放つ道具を持っていた。その道具で部屋の中を照らして様子を確認すると、毛布の上から父さんを踏んづけた。

「あんだよおめえ、ガキがいるじゃねえかよ。ガキいるんだったらそのガキも働かせろよ、おめえ。親父《おやじ》が働けねえんだったら、そのぶんガキが働けばいいじゃねえか。そんなこともわかんねえのかよ。バカなのかおめえ。バカが」

マナトがヤクザに殴りかかろうとしたら、母さんが組みついてきて止められた。父さんは抵抗することも、悲鳴を上げることも、呻《うめ》き声《ごえ》を発することも、身じろぎすることすらなかった。

「いいか、おめえ。明日は出てこいよ、おめえ。出てこねえとどうなるか、わかってんだろうな、こら」

ヤクザも父さんを蹴りまくったりはしなかった。毛布越しに父さんの体の上に足を置いて、押さえつけているだけだった。

「あとおめえな、ガキも市民登録させろ。元気そうなガキじゃねえか。ガキには仕事させろ、仕事。まったくよ。不法住民があとを絶たなくって、こっちは困ってんだよ。あんまり困らせんな。わかったか、バカ」

ヤクザが出ていって静かになると、父さんが笑いだした。あのヤクザ、天井に何べんも頭ぶつけてたな。そうそう、と母さんも笑った。タコ部屋の天井が低いなんてわかってるはずなのに、頭ぶつけてたね。バカは自分だよね。マナトも笑えてきた。

真ん中の父さんにマナトと母さんがまたしがみつくと、父さんは、大丈夫だ、と言った。一日休んだからよくなって、明日は仕事に行ける。大丈夫だ。

でも、次の日も父さんは起き上がれなくて、母さんも這《は》って動くことしかできなくなった。母さんはそれでも仕事に行こうとしたのだが、今度はマナトが本気で止めた。まあ、これじゃどうせ働けないしねえ、と母さんは笑っていた。

マナトもハチマヤーコーエン鉄門前の列に並んで、市民登録をしたほうがいいのかもしれない。そう思って相談してみたが、父さんは、ううん……と唸《うな》るだけだったし、母さんも首を横に振ってみせて、いい、いい、と答えるのが精一杯のようだった。夜になると、昨日のヤクザが現れた。

ヤクザは父さんも母さんも蹴らずに、マナトをタコ部屋の外に連れだした。タコ部屋のドアが並ぶ市営団地の廊下は、二人すれ違うのがやっとなほど狭いものの、天井はヤクザが立ってもつっかえない程度には高かった。

「いいか、ガキ」

ヤクザはマナトの肩を抱いて小声で言った。とんでもなく刺激の強い口臭で、鼻が曲がりそうだった。

「悪いことは言わねえから、ちゃんと市民登録して仕事もらえ。おめえだったら、長く働ける。おめえの父ちゃんと母ちゃんはもうだめだ。あいつらくたばったらよ、このタコ部屋は別の市民に割り当てられるんだからな。父ちゃんと母ちゃんがおめえ連れてツノミヤに来た意味考えろ。わかったか？」

「口が臭い」

耐えられずに言うと、ヤクザにぶん殴られた。

「ガキ。クソが。俺はこのへんの担当だから、また様子見にくるからな。おめえの父ちゃんと母ちゃんが死んだら、市役所に報告しなきゃならねえ。死体は市役所の別の部署が処理するからよ。おめえは市民登録して、市長のためにきりきり働け。まっとうに生きろ。おめえの父ちゃんと母ちゃんも、きっとそう思ってる。おめえのためにはそれが一番だってな。じゃなきゃ、ツノミヤ来てねえだろ。なあ？」

翌朝、目が覚めると、父さんが冷たくなっていた。母さんはマナトより早くそのことに気づいていたみたいだが、黙っていた。マナト、よく寝てたから、起こしたくなかったんだよ。母さんはそう言って、少しだけ笑った。

夜、ヤクザがタコ部屋のドアを叩《たた》いた。入ってはこなかった。マナトがドアを開けると、そろそろ死んだか、と訊《き》かれた。まだ、と答えると、そうか、とだけ言って、ヤクザは帰っていった。

その次の日、母さんは息をしていたが、目をつぶったまま、マナトが声をかけても返事をしなかった。タコ部屋の中をすごい数の蠅《はえ》が飛び回っていて、叩き潰しても叩き潰してもきりがなかった。

夜、ヤクザがタコ部屋のドアを叩いた。マナトはドアを少しだけ開け、まだだ、とだけ言って閉めた。ヤクザはしばらく廊下にいたようだが、何回かドアを蹴っただけで、それ以上、何もせずに帰っていった。

その日、マナトは眠らなかった。まだ暗いうちに、母さんの呼吸が完全に止まった。死んでから、母さんが父さんと手を繋《つな》いでいたことに気づいた。

蠅の大群を追い払うこともしないで、マナトは考えた。ヤクザが言ったように、市民登録をしたほうがいいのか。父さんと母さんが死んだことはすぐばれる。ここにはいられない。ツノミヤの市民になって、市長のために工場で毎日労働する。休みは一回。飯をもらって食う。そして、金をもらう。その金で飯を買って食う。たまに新聞や本を買って読み書きを覚える。

マナトはタコ部屋から父さんの死体を引きずって運びだした。

母さんの死体も同じように外に出した。

なかなか大変だったが、二人とも死ぬまでにだいぶ小さくなっていたから、マナト一人でもなんとかなった。

それから、父さんと母さんの死体を市営団地の前に並べて、手を繋がせた。

ちょっと迷ったが、新聞と本は母さんの胸の上に置いた。

「じゃ、行くよ。父さん、母さん」

二人に笑いかけてから市営団地をあとにすると、マナトは北に向かって進んだ。ハンターだったころに使っていた背負い袋の中に、自分のナイフや金槌《かなづち》、火打ち石、いくらかの釘《くぎ》、缶入りの接着剤、等々、最低限の道具は入っていたから、きっと生きてはゆける。生きてゆけなければ、死ぬだけの話だ。

明るくなる前にツノミヤの街を出るつもりだったが、道が柵で封鎖されていて、ヤクザたちが警備していた。ツノミヤに入ったときは、ヤクザたちはいたと思うが、柵なんてなかった。どうやら柵は開けたり閉めたりできるらしい。夜は閉めて、勝手に通り抜けられないようにしているみたいだ。

柵を守っているヤクザたちに頼んだら、通してもらえないだろうか。無理だろう。金を払えば、もしかしたら通れるかもしれない。でも、マナトは金を持っていない。

しょうがなく道端に座って柵が開くのを待っていると、ヤクザが近づいてきた。

「ガキ、そこで何してやがる？　あぁ？　ツノミヤを出てえ？　ガキこら、てめえ、何かやらかしやがったな？　おら、ちょっとこっち来い、クソガキ」

捕まりそうになったので、マナトは逃げた。逃げたらヤクザたちが追いかけてきた。追っ手のヤクザはどんどん増えた。タコ部屋を訪ねてきた猛烈に口が臭いヤクザの姿も見かけた。一度、何人かのヤクザに囲まれて、めちゃくちゃに殴られたが、隙をついてなんとか逃げた。道はどこもヤクザだらけのような気がして、マナトはドブ川に逃げこんだ。ドブ川に架かっている橋の下に穴があった。マナトでも屈《かが》まないと入りこめないような穴だった。でも、穴はずっと先まで続いていた。真っ暗で、ヤクザの口臭より臭くて、いろんなものがうごめいていた。

「ウスラボケ！」

暗闇の向こうで何かが怒鳴った。高い声だった。

「……は？」

わけがわからない。マナトが立ち止まると、高い声が「仲間じゃねえぞ！」と叫んだ。

「おい、やっちまえ！」

何かが押し寄せてきて、マナトはあっという間にがんじがらめにされ、汚い泥水に沈められた。深さは膝よりもずっと低かったが、上から押さえつけられると泥水が口や鼻に入ってきた。息ができなくなって、マナトは必死に暴れた。しばらくすると何もわからなくなった。

†

目が覚めると、体も髪も服も湿っていたものの、泥水の中じゃなかった。マナトは手首や足首を縛られて、硬い地面の上に寝転がっていた。そこは真っ暗じゃなかった。火があった。焚《た》き火《び》だ。ハンター暮らしをしていたころはよく父さん、母さんと三人で焚き火を囲んだ。でも、どうやらここは屋外じゃないらしい。

マナトは何人もの人間に取り囲まれ、見下ろされていた。

「本当だったら殺してる。おまえまだガキだから殺さなかった」

「おまえら何？　ヤクザ？」

「違う。ヤクザなわけないだろ。おまえもヤクザじゃないな」

「ヤクザに追っかけられて、ボコられた」

「何したんだよ」

「べつに、ツノミヤ出ようとしただけなんだけど」

「なんでツノミヤ出たい」

「父さんと母さん死んでもうタコ部屋にいられないし、市民登録して働くのはやだ」

「それは俺らもだよ。みんな、父さんとか母さんとか工場で働いてて、死んじまった」

「じゃ一緒だ」

そこには七人いた。マナトを入れると八人だ。多少体格が違ったり、男だったり、女だったりしたが、だいたい同じような境遇で、全員、親がいなかった。ウスラボケ、と言ったら、カナリヤ、と返すのが決まりで、ちゃんと返せないやつは仲間じゃない。カナリヤ、というのは鳥の名前らしい。どういう鳥なのかは誰も知らなかった。話しあってなんとなく決めたらしい。

カナリヤたちは、ドブ川の横穴やマンホールの中、工夫しないと通り抜けられない建物と建物の間、崩れかけていてヤクザが立入禁止にしているビルなんかを住み処《すか》にしていた。一箇所にとどまるとヤクザに見つかって、最悪、殺されるから、あちこち移動して生活している。

飯は主に市《いち》で調達する。金は持っていないので、露店に並んでいる食い物を、盗めたら盗む。でも、気づかれたらヤクザを呼ばれて追われるから、よくよく注意しないといけない。狙い目は、食べ残し、売れ残り、腐りかけだ。それらは、市の裏手に並べられた専用の桶《おけ》に、ゴミとして捨てられる。ゴミでも何か使《つか》い途《みち》があるみたいで、二日おきに市役所のヤクザが集めにくる。その前に食べられそうなゴミを回収する。

　ただ、ゴミは競争が激しい。

　ツノミヤでカナリヤたちみたいな暮らしをしている者はけっこういて、ガキの集団だけじゃなく、数人組の大人もいたりする。みんな食べられるゴミが欲しいから、どうしても奪い合いになる。揉《も》めることもあるけれど、あまり騒ぐとヤクザがすっ飛んでくるから、程々にしておかないといけない。程々にしておきたくても、相手が本気でかかってきたら反撃するしかない。それで大怪我《おおけが》をしたカナリヤが一人、動けなくなって、そのまま死んだ。カナリヤたちはマナトを含めて七人になった。

　百人以上のヤクザが「掃討作戦」を決行したときは、すごい数のゴミ漁《あさ》りが殺された。カナリヤも一人、ヤクザに捕まって袋叩きにされ、ぐちゃぐちゃの死体が市のど真ん中にさらされた。

　六人になったカナリヤたちは、いよいよツノミヤを出ることにした。入るのはそうでもないのに、出るとなるとあちこちにヤクザがいたり、柵があったりして、かなり難しかった。カナリヤたちの他にもツノミヤを出たがっているやつらがいて、そいつらと手を組む話も持ち上がった。でも、そいつらの中に裏切り者がいて、ヤクザに密告した。結局、密告したやつも含めて、そいつらは皆殺しにされた。

最終的には、昼間、大勢がぞろぞろツノミヤに入ってきたときに、六人で一気に突っこんだ。ヤクザたちにだいぶ追いかけ回されたが、どうにか振りきった。

六人いれば、なんとかなる。マナトはそう思っていた。体が悪かった父さんと母さん、マナトの三人でも、ハンター暮らしができたのだ。カナリヤたちは六人もいて、しかもまだ若い。生まれてから何年と何日経《た》ったとか、はっきりわかっているカナリヤは一人もいなかったが、たぶん十年くらいだろう。

ジュンツァは物知りで、読み書きもわりとできる。そのジュンツァが言うには、人間は三十年も生きたらかなり長生きなほうらしい。ということは、少なく見積もっても、みんなあと十年は生きられるだろう。まあ、十年後には、父さんや母さんみたいに歯が抜けはじめるかもしれない。しわしわになって、だんだん手や足がちゃんと動かなくなる。満足に食べられなくなってきたら、遠からず死んでしまう。

アムという女は、髪の毛が鳥の巣みたいになっていて、あるヤクザにぶん殴られて抜けた前歯を気にしていた。

「ヤクザは長生きなんだよ。ツノミヤの市長は三十五歳だって。三十五年も生きてんだって。すごくない？」

アムは別のヤクザと付き合いたかったらしいが、抜けた前歯をバカにされたから無理だと思い、石を投げてぶつけたらキレられて蹴飛ばされたらしい。

　マナトはアムの前歯が抜けたまま生えてこないのが不思議だった。どうしてその前歯は生えてこないのかと訊いたら、子供の歯が抜けて生えてきた大人の歯は、抜けたらもう生えてこないのだとジュンツァが教えてくれた。たしかに、父さんも母さんも歯が抜けたら生えてこなかった。ただ、マナトも怪我をして何本か歯が抜けたことはあるが、すぐ生えてきた。そのことを話すとみんなずいぶん驚いていたけれど、ジュンツァだけはそうでもなかった。

「聞いたことがある。たまにそういうやつがいるんだ。マナトはそれなんだな」

「それって何？」

「なんかそういうやつがいるんだって」

　ツノミヤを出てから、左目しか見えないネイカが口癖みたいに言うようになった。

「ニホンは広いんだから、どうせなら遠くに行こうよ」

　初めマナトは、ニホンというのが何のことだかわからなかった。ネイカが言うには、ニホンはこのセカイのことらしい。このセカイはニホンで、ニホンは広いのだとか。ジュンツァは一度、ニホン全体の古い地図を見たことがあるらしい。ニホンは北にも南にもずっと広がっている陸地で、離れた島もあって、その島もニホンらしい。

　遠くに行くかどうかはともかく、ツノミヤからはできるだけ離れたほうがいい。街はこりごりだし、山野で食ってゆくにはハンター暮らしをするしかない。

マナトはカナリヤたちにハンターの生き方を教えた。ジュンツァはのみこみが早くて、何をやらせてもすぐ覚えたし、めきめき上達した。ジュンツァは体格もよかった。一番長身で、おそらくマナトたちよりいくらか年上だった。

「きっと俺が一番早く死ぬな」

ときおりジュンツァは、にやりと笑ってそんなことを言った。

「おまえら俺よりも先に死ぬなよ」

六人でハンターの真似事《まねごと》をして移動しながら暮らしていたら、一人のカナリヤが熱を出して動けなくなった。何を食わせても吐いてしまうし、みるみるうちに痩せこけていった。これは死ぬなと感じた次の日、やっぱり息をしなくなった。

死んだカナリヤをどうしようかと、五人で相談した。どっちみちもう死んでいるわけで、すぐに腐る。そのへんに置いておけば獣や虫が食らって、骨くらいしか残らない。それでいいんじゃないかとマナトは思ったし、見えない右目を布で覆って隠しているネイカも賛成したが、他の三人は違う意見を持っていた。

鳥の巣頭で抜けた前歯が気になるアムは、なんかかわいそうじゃん、と言うのだった。

「このままにして、ただなんかアムたちだけどっか行くって、何だろうな、かわいそう。だって一緒に行きたかったんじゃない？　本当は。死んじゃったから行けないし、連れてくのも無理だけど。腐るし。けど、このままはなんか、かわいそう」

お別れをしよう、とジュンツァが言いだした。

「こいつは死んでるから俺たちが何か言っても聞こえないし、アムが言うように連れてもいけない。どうするのがいいか、俺にもわからないけど、何もしないのはすっきりしないんだ」

地面に寝かせた死んだカナリヤを、生き残った五人が囲んで座った。五人で死んだカナリヤのことを話しているうちに、鴉《からす》が集まってきた。

「あいつら、おまえを食べるつもりだぞ」

マナトはそう言って笑おうとしたのだが、笑う気分にはなれなかった。目の前で死んだカナリヤが鴉たちに食べられるのはどうもいやだと感じた。みんな同じ考えで、穴を掘って死んだカナリヤを埋めてやったらどうかという話になった。それがいい。そうしよう。五人で地面を掘り起こし、底に死んだカナリヤを横たえて土を戻すと、これでいいんじゃないかという気がしてきた。これがいい。

五人のカナリヤはハンター暮らしを続けながらあちこちに行った。マナト以外はもともとハンターじゃないから、暑いとか寒いとか疲れたとか眠いとか、文句が多かった。年長者のジュンツァでさえ、ときどきつらそうだった。

暑い季節だと裸になっても暑くてしょうがないし、寝つけないほど寒い夜なんてめずらしくもない。雨ばかり降る時期は、晴れ間がのぞいていても急に空が黒い雲に埋め尽くされて真っ暗になり、土砂降りに見舞われたりする。雨降りが続くと川が氾濫して、あちこち水浸しになり、どこもかしこもどろどろで、普通に歩くのも難しい。ジュンツァが言っていたのだが、大雨で沈んだ街がいくつもあるらしい。

毒気で汚染されている場所は、木々や地面の様子が変だったり、鳥も虫もいなかったりして、ふだんは一目瞭然でも、雨が激しいと見分けがつきづらい。うっかり入りこんでしまうと、毒気に当てられて悪い病気になる。死ぬこともあるらしい。

それに、森の中には、絶対に手を出してはいけないどころか、いきなり出くわしたら死ぬと思ったほうがいい獣がいる。けっこう、それなりにいる。

とくに大熊《おおぐま》、大猪《おおいのしし》、大猿《おおざる》はやばい。ハンターが十人以上集まっても簡単には狩れないし、大猿は群れを形成しているから、一頭でも獲《と》ったら、群れ全体が敵になる。父さんと母さんから聞かされた話だが、大猿の群れは集落を襲って、人間を食ってしまうこともあるのだとか。

あとは、大山猫《おおやまねこ》も恐ろしい。ハンターが何人かで暮らしていて、突然、一人だけいなくなることがある。これは大山猫の仕業だと考えられている。大山猫は野営しているハンターたちに音もなく忍び寄って、一人だけかっさらい、食べてしまう。一人食べられたら、数日後、また一人食べられる。結局、一人も残らない。大山猫はそういう狩りの仕方をするという。

マナトは言ってみれば生まれながらのハンターだから、そういうものだと思っている。どうしようもない相手に見つかったら、そのときはもうしょうがない。どんなに用心していても、やられるときはやられる。いちいち怖がってなんかいられない。でも、マナト以外のカナリヤたちは、どうしても気になってしまうのだろう。

とくに、夜は恐ろしいようだ。

夜は、というより、夜の森が恐ろしい。常にやばい獣に狙われているように思えて、なかなかぐっすり眠れない。

カナリヤたちは廃墟《はいきょ》を探すようになった。人が住みついていない廃墟には、だいたい住めない理由がある。脆《もろ》くなっていて、ややもすると崩れて生き埋めになってしまうとか。なんでかはわからないが、そこにいると具合が悪くなるので、生き物が寄りつかないとか。大猿の群れがいるとか、駅を大熊がねぐらにしているとか。人もやばい獣もいない廃墟はとてもめずらしいが、まったくないわけじゃない。そういう場所で寝起きして、ハンター暮らしをするのだ。

もっとも、廃墟は狙われやすい。そこに廃墟があると、人も獣も、とりあえず入ってみる。何か使えるものがないか探ったり、住めそうなら住もうとしたりする。しっかり残っている建物は、ことに要注意だ。ハンターくらいならまだいいのだが、ヤクザ崩れみたいなやつらもいて、そいつらは獣じゃなく、人間を標的にしている。

メバシという大きな街の南に大規模な廃墟があって、カナリヤたちはそこで死にかけたヤクザ崩れに行きあった。

そのヤクザ崩れは仲間に見捨てられ、ビルの地下で寝そべっていた。ひどく痩せ細っていて、両足が腐り、水たまりの泥水を啜《すす》ることしかできず、十日ともたずに死にそうだった。たまたま鹿肉をたくさん持っていたから、マナトが二切れほど分けてやると、えらく感謝された。

「ひでえことばっかりしてきたのに、死ぬ間際に鹿肉を恵んでもらえるとはなぁ。最後にいいことがあったから、もういつ死んでも悔いはねえ。ありがとなぁ」

ヤクザ崩れは、ナガノという大きな街を仕切っているゴンノド会とかいうヤクザ組織に所属していたらしい。でも、何か不義理をして破門されたせいで、ナガノにいられなくなった。それで、同じようなヤクザ崩れと一緒に集落や隊商を襲ったり、小さな街の住人をさらったりして、人間を殺して食っていたのだという。

「そうだ。礼になるかどうかわからねえが、いいことを教えてやるよ。メバシとナガノの間くらいのとこに、カリザって場所があるんだ。カリザはそこそこ名が通ってるから、知ってるかもな。でも、こいつは初めて聞くはずだぜ。カリザのずっと奥のほうに、立派な家が何軒か残ってるんだよ。俺はいつかそこに住むつもりだった。いい女、見つけてよぉ。俺だけの家を手に入れて、そこで死にたかったんだ——」

†

カナリヤたちはカリザを目指した。メバシから西に向かう道に沿って進めばカリザだということはすぐに判明した。ぬかるみに嵌《は》まって立ち往生しているケートラを押して出してやったら、その運転手が教えてくれたのだ。ケートラ乗りはメバシとナガノを往復して、荷物を運んでいるらしい。道は山賊が出るから気をつけろと、言わずもがなのことを言われた。山賊はヤクザ崩れというかヤクザそのもので、通る者を襲って身ぐるみ剝いでしまう。近くの街で使える金を払ったり、何か価値のある物資を渡したりすると見逃してもらえるらしいが、カナリヤたちは金なんか持っていない。持っているものは基本的に必要だから持っているので、ほいほいくれてやるわけにはいかないのだ。山賊は武器をたくさん所持している。人数も多い。戦っても勝ち目がないから、避《さ》けるしかない。

カナリヤたちはなるべく道から離れて、山の中を進んだ。雨がよく降る時期で、カナリヤの一人が熱を出した。咳《せき》をして、ずっと震えている。自分のことは置いていけとそのカナリヤは言ったが、そういうわけにもいかないから、マナトとジュンツァが代わる代わる背負って歩いた。そのカナリヤは女のアムやネイカよりも体が小さかったし、軽いから平気だと言ってやると、そんなわけないし、と咳をしながら笑った。

小さなカナリヤはよく笑うカナリヤだった。もしかしたら、マナトよりも笑うカナリヤだった。背は低いし、肩幅が狭くて、胸は薄いが、手の指がやけに長くて器用だった。

マナトが背負っていたとき、小さなカナリヤは囁《ささや》くようにツノミヤでの話、ツノミヤを出てからの話をした。あれは大変だったとか、最悪だったとか、そういうことばかりだったけれど、最後には必ず、でも楽しかったよね、と言って小さなカナリヤは笑った。マナトが、楽しかったな、と応じて笑うと、小さなカナリヤはもっと笑った。笑いすぎて、咳が出て、その咳が止まらないものだから、笑わせるなって、と抗議しながら、小さなカナリヤは笑った。それでまた咳をした。

小さなカナリヤはカリザまでもたなかった。雨続きで、埋める場所を見つけるのに苦労した。木の根元の緩んだ土をかき分けて掘って、そこに小さなカナリヤを寝かせた。みんなで泥をかけてやった。カナリヤは、ジュンツァ、アム、ネイカ、そしてマナトの四人だけになった。

カリザには街があって、ヤクザが大勢いた。しかも、ヤクザたちは仲がよくなかった。何とか会とか、何とか組とか、それぞれ別々のグループに属しているヤクザが勢力争いをしているらしい。大きな市《いち》があって、物が集まっていた。街ではよく見かけるケートラだけじゃなくて、牛車や馬車も街の通りを行き交っていた。

カナリヤたちは疑った。ヤクザ崩れに騙《だま》されたんじゃないか。

カリザはそこまで広い街じゃない。でも、そのわりに市の規模が大きい。人がやけに多くて、ヤクザだらけだ。

ヤクザ崩れは、カリザのずっと奥のほうに立派な家が何軒か残っていると言っていた。奥とはどこなのか。

カリザの南のほうには、シガタケ、とかいうヤクザの親分が住む、御殿《ごてん》、と呼ばれる大邸宅がある。北には、ブンゲ組、というヤクザ・グループの武装基地があって、危なすぎるからとても近づけない。

それでもカナリヤたちはあきらめなかった。ときどきカリザに立ち寄って物資を調達し、ハンター暮らしを続けながら、奥地の家を探した。何度かカリザのヤクザと揉《も》めたが、そのたびに山に逃げこんで切り抜けた。

カリザ周辺では、三ツ目、という呼び名の大熊が恐れられていて、ハンターが少なかった。三ツ目はその名のとおり目が三つあって、立ち上がると育ちきった人間三人分より背が高いらしい。白黒斑《しろくろまだら》の毛むくじゃらで、一度、カリザの街の中心部にまで入りこんできて人を襲ったことがある。そのときは三十人も喰《く》い殺されたのだとか。

そこまでの獣なら、足跡だとか爪痕だとか寝跡だとか糞《ふん》だとか、すごい痕跡を残すはずなのに、そういうものは見あたらなかった。だからマナトは平気だったが、他のカナリヤたちはだいぶ怖がっていた。カリザの連中はそれ以上に三ツ目を恐れていた。

カリザの街には三ツ目に殺された三十人の慰霊碑が建てられていて、三ツ目の像まであった。いつだったか、酔っ払いが三ツ目の像に小便をひっかけたら、ヤクザに捕まって殺されたらしい。本当かどうかは知らないが、シガタケの御殿にも、ブンゲ組の武装基地にも、三ツ目を祀《まつ》る神棚というものが設けられていて、三ツ目がふたたびカリザにやってこないように、強面《こわもて》のヤクザたちが毎日お祈りしているという話だった。

結局、ブンゲ組武装基地よりもずっと、ずっと北の山の中で、それを発見した。昔の道から少し登ったところに家の残骸が二軒分あって、そこからさらに進むと、家が二軒、潰れている。その奥に一軒だけ、二階建ての頑丈そうな建物が残っていたのだ。

一帯は鬱蒼《うっそう》とした森で、すこぶる視界が悪い。ずいぶん近づかないと、そこに建物があることすらわからなかった。扉にも窓にも鍵が掛かっていて、どうやってもこじ開けられなかったから、カナリヤたちは窓硝子《まどガラス》を割って中に入った。埃《ほこり》が積もって、蜘蛛《くも》が巣を張っていたが、誰かが住んでいたときのまま、色々な物がすっかり残されていた。あのヤクザ崩れは存在を知っていたみたいだ。それなのに手つかずだった。きっと、他には誰もここのことを知らない。カナリヤたちだけの家だ。

これからみんなでここに住もう。ここで暮らそう。ジュンツァも、アムも、ネイカも、マナトも、わざわざそんなことは言わなかった。言うまでもなかった。この山には三ツ目が棲《す》んでいるのかもしれないが、それが何だというのか。柱も梁《はり》も腐っていない、屋根があって、壁もあって、暖炉まである家を、自分たちだけの居場所を手に入れたのだ。みんな、他のカナリヤたちのように、カナリヤたちの親のように、ヤクザ崩れや、街に住んでいる人びとや、ヤクザたち、そして獣たちのように、いつかは死ぬ。それまでは、この家で生きる。そして、死んだらこの家の近くに埋めてもらうのだ。

カナリヤたちの家には、二台の寝台が置かれた部屋が二つもあった。ジュンツァは一階の暖炉がある部屋の長椅子で寝るという。マナトは一階の寝室で、アムとネイカは二階の寝室で眠ることにした。

初めて寝台の上で横になって目をつぶった夜、マナトは父さんと母さんのことを思いだした。父さんと母さん、三人でハンターをしていたころにこの家を見つけていたら、どうなっていただろう。そんなことを考えた。きっと二人とも大喜びしていたに違いない。笑って、笑って、寝て起きても笑って、笑いつづけただろう。

〝――目覚《アウェイク》めよ。〟

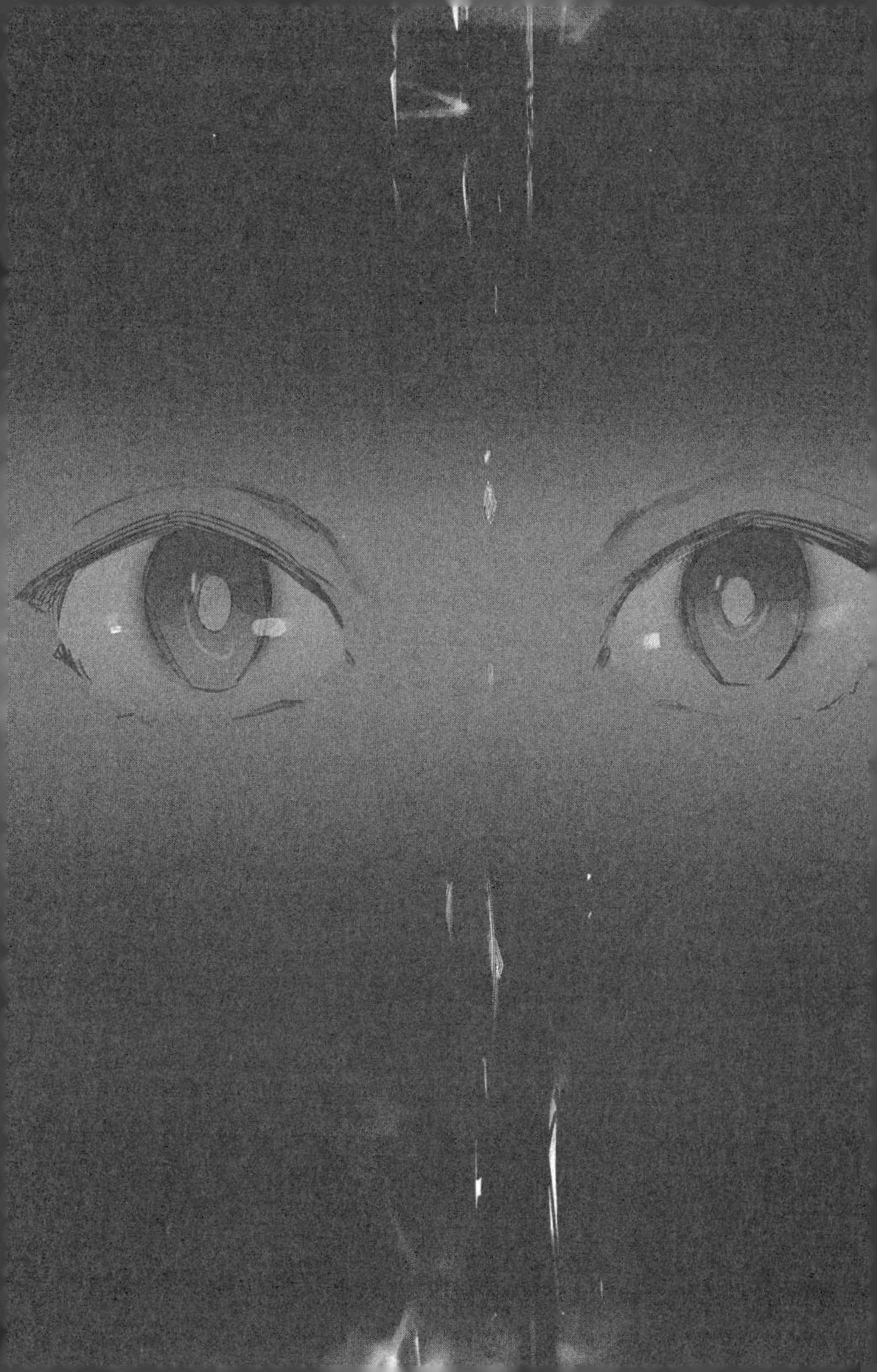

誰かの声が聞こえたような気がして、目を開けた。

暗い。

まだ夜なのか。

でも、真っ暗じゃない。

床が何かぼんやりと光っている。地面というよりも床だ。この床。石か。コンクリ。コンクリートか何かだろうか。その床で何かが光っている。何が光っているのだろう。

「……え？」

「起きたか」

こんなところで眠っただろうか。どうもおかしい。ここはどこなのか。

そう声をかけられてから、近くに誰か立っていて、その誰かが自分を見下ろしていることに気づいた。

「……誰――ジュンツァ？　アム？　ネイカ？　違う……？」

上体を起こしながら目を凝らした。床が仄《ほの》かに光っているとはいえ、かなり暗い。外ではないようで、それなりの広さがあって、自分以外の人がいる。その程度のことしかわからない。

「おれは――残念ながら、ジュンツァ？　でも……アムでも、ネイカでもない」

人、なのだろう。しゃべるくらいだし。

「……だろうね」

「友だちか」

「何が？」

「ジュンツァ。アム。ネイカ。きみの友だちか」

「友だちっていうか……ううん、何だろ。仲間？」

「そうか」

「あんた……知ってる？　ジュンツァたちがどこにいるか。たぶん……近くにいるはずなんだけど」

「いや、悪いけど、おれは知らない」

「そうなんだ」

少しぼんやりしていて、ジュンツァやアム、ネイカの名を出したのはよくなかったかもしれない。相手はまったく知らないやつだ。知らないやつには一応、用心したほうがいい。もしかしたら、カリザあたりのヤクザかもしれないし。

カリザには顔見知りがいくらかいて、名前を知られていたりもする。何人かのヤクザには目をつけられているし、できれば見つかりたくない。

ジュンツァたちは大丈夫なのか。

自分はどうなのだろう。

ここがどこかなのかもわからなくて、すぐそこに知らないやつがいる。どうしてこんな場所にいるのか。見当もつかない。いったい何があったのだろう。いつものように、ジュンツァとアム、ネイカと一緒だったはずだ。

おそらく、家にいた。自分たちの家に。

他のやつらが近づいてこないカリザの奥のほうで、ようやく探しあてた。柱や梁がしっかりしていて、二階建てで、屋根も壁も壊れていなかったし、窓硝子も割れていなかった。あの家にいたはずだ。

ジュンツァがいて、アムもいた。ネイカも。

何か食べながら、話した――ような気もする。はっきりとは覚えていないけれど、それから、家を出た――のだろうか。

ここは家じゃない。ということは、外に出たのだろう。

一人で？

「立てるか」

知らないやつに訊《き》かれた。こいつは何者なのか。

「……うん。いや。わからないけど。立てそう……かな」

「ここにいてもしょうがない。出よう」

「出る？」

思わず「いいの？」と確認してしまった。出してくれるのか。閉じこめられているわけじゃない。そういうことなのか。

「ここにいたいなら、かまわないけどな。おれはそろそろ行くよ。きみはどうする？」

「どうする……って――」

ひとまず立ち上がってみた。知らないやつはもう移動している。歩いて、遠ざかってゆく。ずいぶん静かな足音だ。体重が軽いのか。とても用心深いのか。

知らないやつを追いかけた。知らないやつは壁際にいるらしい。追いついてくるのを待っているようだ。

「ここから出られる」

「……どういうこと？」

「ただ外に出ればいい」

知らないやつは壁に入っていった。

消えた。

いなくなった。

「えぇ……」

慌てて知らないやつが入っていった壁に手をつくと、手応えがなかった。すっと向こうに抜けた。手をつくつもりだったのに。

「何これ……」

本当に壁なのか。暗くても、そこに何かが立ちはだかっていることはわかる。壁だ。でも、よく見ると、その部分は違う。

まるで何もないかのようだ。壁に四角い穴があいていて、その向こうに真っ暗な夜、暗闇が広がっている。そんなふうにも思える。

思いきって入ってみた。

すると、抜けた。

「……うわ」

そこは階段だった。ぐるぐると螺旋《らせん》を描いていて、手すりがある。ただ、今、出てきたところには手すりがない。不思議だ。暗くはないのに、明るくもない。

何段か下に知らないやつがいた。

あらためて思う。

こんなやつ、知らない。

そいつは黒っぽいフードつきのマントを身につけていて、顔はわからない。

面で隠しているからだ。

「来たな」

やつは仮面をつけている。

「下りよう」

「……いや、あの──」

「何だ」

「ここ、どこなの？」

「昔は〝杭《くい》〟と呼ばれていたらしい」

「くい？　棒のこと？」

「おれたちは、方舟《はこぶね》の中にいる」

「はこぶね？　船……？」

「下りよう」

仮面の男は螺旋階段を下りはじめた。とりあえず、ついてゆくしかない。

「ねえ、ちょっと」

「ああ」

「訊いてばっかりで悪いんだけど……あんた、誰？」

「おれか。そうだな……」

仮面の男はなかなか答えない。黙って螺旋階段を下りる時間がしばらく続いた。

「マナト」

いいかげん痺《しび》れが切れて、自分から名乗った。

仮面の男が足を止めた。

「……マナト？」

妙な反応だ。「うん」とうなずいてみせると、仮面の男は振り返った。

「きみの名前――なのか？　マナト……？」

「だから、そうだけど。仲間内では、マットとかマナとかって呼ばれてるかな。でも、名前はマナトだよ。父さんと母さんにはそう呼ばれてたから」

「父さん……きみのご両親は？」

「死んだよ。とっくに。仲間もみんな、親はいなかった」

「きみは、いくつだ？」

「いくつ？　あぁ、年？　ええ……と、はっきりとはわかんないけど、十二とか？　十四だったっけ。十三かな」

「若いな。思ったより」

「適当だけどね。親が死んでから……三年？　四年？　くらいかな。それくらいは経《た》ったと思うんだけど。そこまでちゃんと数えないしな」

「……マナト」

「うん」

「おれの、知り合いに――」

男は仮面の奥でため息をついた。

「……ずいぶん前なんだが、偶然、きみと同じ名前の、友だちが……仲間がいたんだ」

「へぇ。そうなんだ。偶然」

「奇遇というんだ。こういうのは」

「きぐう？」

「思いがけない、不思議な巡りあわせのことだよ」

「奇遇か。初めて聞いた。あ。そうだ。あんたは？」

「名前か」

仮面の男は階段の手すりを摑《つか》んだ。手袋をしている。仮面も、目の部分や口の部分に穴くらいはありそうだが、ぱっと見ではわからない。防護のためなのだろうか。仮面の男は肌をまったく露出していない。

「ハル」

仮面の男は手すりを放した。

「そんなふうに、おれを呼ぶ人がいた」

「ハル」

繰り返してみた。

ハル。

春のことだろうか。季節の名だ。冬の寒さがやわらぐ。代わりに雨が降る。それとも、何かを貼りつける、貼る、なのか。

「じゃ、そう呼んでいい？　ハルって」

「かまわない。おれはきみをマナトと呼ぶ。問題ないか？」

「問題って」

何かどうもおかしなしゃべり方をするやつだ。少し笑ってしまった。

「ないよ。問題なんか。だって、マナトだし」

「そうか。下りよう、マナト。ここがどこなのか、知りたいだろう」

ハルという名らしい仮面の男は、ふたたび階段を下りはじめた。

ここはどこなのか。さっき、ハル自身が方舟とやらの中だと教えてくれた。方舟とは何なのだろう。

マナトはハルの背中を追いかけた。訊きたいことはある。いくらでもあるのだが、どうしてかうまく言葉が出てこない。

やがて螺旋階段の終わりが見えてきた。まさしく終わりだ。その先には何もない。ハルは黙ってその何もない螺旋階段の終わりに入っていった。目覚めた場所と同じだ。どうやら、そこから入ることができるらしい。あるいは、出られるのか。

マナトもそこから出た。

外だった。

今度は本当に外だ。そこは屋外だった。

日が落ちた直後なのか。日が昇る前だろうか。空の半分以上が雲に覆われている。太陽は見あたらない。向かって右のほうの彼方《かなた》が少し明るいから、太陽はそこに沈んだか、これから顔を出そうとしているのだろう。

ここは丘の上だ。

マナトは振り向いた。建物がある。高い建物だ。ビルというよりも、塔だろうか。上のほうは崩れていて、蔦《つた》が絡まっている。

「……え。どこなの、ここ」

丘から少し離れたところに廃墟《はいきょ》があった。廃墟なんて、マナトは見慣れている。ただ、今までマナトが見たどの廃墟よりも古そうだ。廃墟には、たいていビルや駅がある。屋根や壁が残っていても、いつ崩落するかわかったものじゃないし、危ないから普通の人間は住みつかない。あとは、地下街とか。多少危険でも、あえてそういうところで寝泊まりしている者もいた。マナトと仲間たちも、階段が使えないビルや、臭くて湿った地下道を仮住まいにしていたことがある。森の中にはやばい獣がうようよしているし、まともな住《す》み処《か》は襲撃されやすいからだ。

「きみがいたところとは、別の世界だ」

ハルは丘を少しだけ下りて、大きな白っぽい石の前に立っていた。この丘には、それと似たような石がたくさんあった。

「グリムガルと呼ばれている」

「……別の、セカイ。グリム、ガル……」

マナトはハルが言ったことをそのまま口に出してみた。

何のことやらさっぱりだ。

グリムガル。

別の世界。

「どういう……え？　どうやって……こんなとこ、来た覚えないんだけど。別の世界って、何？　世界……ニホンじゃないってこと？」

「ニホンは、国だ。おれもかつて、そこにいた。何も覚えてないけどな。ニホンの話は聞いているから、まったく知らないわけじゃない」

「ハルも……ニホンの人？」

「そうらしい。ニホンから、このグリムガルに来た」

「だから……それ――どうやって？」

「おれにもわからない。きみと同じようにグリムガルにやって来た者たちは、とてもたくさんじゃないが、けっこういたんだ。みんな、わからないと言っていた。来る前のことは記憶にあっても、何かが起こったのか——何かしでかしたのか、とにかく、そのときのことは、誰も覚えていない。全員だ」

「……ちょっと待って」

　マナトはしゃがみこんで、頭を掻《か》きむしった。

「じゃ、ハル以外にも、いるの？　同じような……ニホンの人が？」

「いた、と言うべきかもしれないな」

「今は……いない？」

「久しぶりなんだ」

「何が？　久しぶりって」

「ニホンからグリムガルに渡ってきた者は、方舟のある部屋に転送される。そういう仕組みが方舟にはある。そういう装置がある、と言ったほうがいいか。おれたちのころは、数年ごとに、何人か……ときには十人以上、いっぺんに渡ってくることもあった。でも、だんだん頻度が低くなって、人数も少なくなっていった」

「久しぶりってことは……しばらく渡ってこなかった？」

「そうだ」

「どれくらい？」

「四十年以上——」

ハルはそう言って、一つ息をついた。

「最後に渡ってきてから、五十年近く経ったか」

「五十年？　それって……長いよね？　人って、そんなに生きないでしょ。父さんと母さんだって、死んだとき、たぶんだけど、三十歳とかなってなかったよ。ハル、長生きすぎない……？」

「きみの親は早死にだと思うけど、おれは……そうだな、きみの言うとおりだ、マナト。たしかに、おれは長く生きすぎている」

「……五十年。その……五十年前？　グリムガルにニホンの人が渡ってきたとき、ハルは子供だった？」

「いや」

「だったら……ハルは何年、生きてるの？　だって……ニホンでは、三十年なんか生きたら、かなり長生きなほうだよ？　どうせみんな死ぬし、何年とか、何歳とか、真剣に数えてない」

「おれも真剣に数えるのをやめたよ、マナト。きみたちとは事情が違うだろうけど。だいぶ事情が違うようだ。たかだか四十数年の間に……ニホンで何があったんだ。本当に、四十数年しか経っていないのか？　なんだか、もっと……」

ハルは仮面で隠した顔をうつむけて、独り言を言うように何か呟《つぶや》いている。

仮面をとったハルは、どんな顔をしているのだろう。

マナトの両親は、死ぬ前には痩せ細って歯が抜け、皺《しわ》だらけだった。

ツノミヤの市長は三十五歳を超えている、と聞いたことがある。見たことはない。

空の彼方がさっきよりも明るい。

日が暮れたあとじゃなくて、これから日が昇るようだ。

マナトは真っ白な円い月を見つけた。ニホンの空に浮かんでいた月は、たしかもっと欠けていた。でも、最後にちゃんと月を見たのはいつだったか。

ジュンツァやアム、ネイカはどうしているだろう。三人はカリザの家にいるのか。無事だろうか。

なぜこんなことに。

マナトは立ち上がって深呼吸をした。大きく伸びをし、体を左右に曲げる。髪の毛がだいぶ長い。そういえば、しばらく切っていない。ネイカに「そろそろ髪切ったら」と言われたことを思いだして、マナトは少しだけ笑った。邪魔だし、そろそろ切ったほうがいいかもしれない。

「……何をしてる?」

ハルが訊《き》いてきた。

「何って」

マナトは足を広げて上体を思いきり反らし、前屈した。それを繰り返した。

「体、動かしてる。体さえちゃんと動けば、すぐには死なないし」

「……まあ——そういうものか」

「ハルも、長生きしてるわりに、身のこなしが軽いっていうか、いい感じだね。だから長生きなんじゃない？」

「どうかな、それは……」

「あのさ、何か食べられるものない？　森があるな。あっ。山がある。高いね！」

マナトが高い壁のようにそびえる山並みを指さすと、「あれは天竜山脈だ」とハルが教えてくれた。

「竜が住んでいる。神に仕える者たちも、あの山には立ち入れない」

「リューって何？　獣？　食べられる？」

「……竜を食べるのは難しいだろうな。逆に食われるのがおちだ」

「へぇ。そうなんだ。でも、森には獣がいるよね」

「ああ。まあ……」

「そこまでやばいやつじゃなかったら、つかまえて殺しちゃえば、煮たり焼いたりして食えるでしょ。あと、キノコとか、山菜とか、木の実とか。森は森だし、山は山って感じだけど、ニホンとは色々違うのかな」

「腹が減っているなら、さしあたり食べられるものくらいは、おれが用意できる」

「マジ？　よかった。じゃ、なんとかなるか」

「……きみは、落ちこんでいないのか？」

「落ちこむ？」

マナトは笑った。

「なんで？　生きてるのに？」

膝を曲げ伸ばしして、首を回してみた。軽く跳ねても、思いきり跳躍しても、平気だ。どこも痛くないし、おかしなところもない。

「仲間のことは気になるけど、生きてるだろうし。生きてれば、また会えるかもしれないしさ。会えないかもしれないけど。どうしても会いたきゃ、会いに行けばいいし。行けないのかな？　無理だったりする？」

ハルは首を横に振った。

「……すまないが、わからない。ただ、おれの知っている限り、ニホンに帰った者は一人もいないはずだ」

「そっか」

マナトは胸が一杯になるまで空気を吸いこんだ。

そして、思いきり吐きだした。

「まあ、意外と、グリムガル……だっけ？　ここのほうが居心地よかったりするかもしれないし。仲間も一緒だったら、もっとよかったんだけど。なんでここにいるのかもわからないんだから、しょうがないよ」

「……ポジティブなんだな」

ハルは仮面の奥で微《かす》かに笑ったみたいだ。

「一つ、訊いていいか、マナト」

「うん」

「ニホンは、西暦何年だった？　もし、質問の意味がわからなかったら、べつに答えなくていい」

「セーレキ……」

マナトはこめかみに指を当てた。

セーレキ。

何年。

ツノミヤの街で両親とタコ部屋に住んでいたころ、何かそういったことを聞いたか、見るかしたような気がする。

「西暦……二千百年？　二千百……曖昧だけど、母さんがそういうことを話してたか……新聞に書いてあったのかな。でも、かなり前だよ」

「二千百……」

ハルは仮面の口にあたる部分を手で押さえた。

「そうか。おそらく、グリムガルでもニホンでも、時間は同じだけ経過してる。この四十数年で、ニホンはずいぶん変わってしまったらしい――」

2. 過去は不在

いつ、どうやって、ニホンからグリムガルにやってきたのか。

マナトには見当もつかないが、かなり腹が減っているから、最後に何か食べてからずいぶん時間が経《た》っているようだ。それだけはまず間違いない。

「——うわ、立派！」

塔の中に戻って螺旋階段《らせんかいだん》を上がり、ハルが案内してくれた場所は、壁と天井が灰色で、床はもう少し濃い色の、広々とした部屋だった。

「そうか？」

ハルは壁際のほうに歩いていって、物入れらしい大きな直方体の扉を開けた。物入れの中は棚になっていて、何かの容器がずらりと並んでいた。ハルは容器を二つ取り出すと、物入れの扉を閉めた。

「適当に座ってくれ」

部屋の中央あたりは何もなくてがらんとしているが、物入れの近くにテーブルがあって、椅子が四脚、置いてある。

マナトが走っていって椅子に座ると、ハルはテーブルの上に二つの容器を置いて蓋を外した。片方の容器の中身は植物の実か根だろうか。赤っぽい色のものや、白いもの、緑色のものが液体に漬けこまれている。くんくん匂いを嗅ぐと、酸っぱいような香りがした。もう片方の容器の中身は、たぶん動物の肉だ。黒っぽい、柔らかくはなさそうな肉のかたまりが、ぎっしりと詰まっている。

「おれはあまり食べなくてもいいんだが、それも味気ないし、保存食を作ってたまに口に入れるようにしてるんだ」

ハルは別の物入れを開けて、食器を持ってきた。皿とフォーク、それからナイフだ。

「好きなだけ食べてくれ」

「いいの？」

「瓜《うり》と根菜の酢漬けと、ガナーロという牛みたいな動物の肉を塩漬けにして干してから、燻製《くんせい》にしたものだ。他にも、炒《い》り豆《まめ》とか、干した果物が何種類かあったかな。乾燥させた豆はしばらく水に浸《つ》けて戻さないと食えないから、もし食べたければやっておく」

「すごい。充実してる」

「……時間だけはあるからな。食べられそうなものをかき集めて、保存がきくように処理しておいても、食べきれなくて捨ててしまうことがある」

「もったいないよ、それ。ちゃんとぜんぶ食べないと」

「そうだな」

ハルは仮面の奥で少し笑ったみたいだ。

マナトはフォークを使って、小さく切り分けられている酢漬けをいくつか皿に移した。酢漬けはあっちでも食べたことがある。白いものを口に入れてみると、漬かりすぎなのか酸っぱいを通り越して少し辛いが、味が濃くてうまい。

「いけるよ、これ」

「口に合ってよかった」

「肉も食べていい？」

「もちろん」

「肉好きなんだよね」

マナトは燻製肉のかたまりを一つ容器からつまみ出し、ナイフで薄く削《そ》いだ。

「おぉ……」

咀嚼《そしゃく》すると、かなりしょっぱい。でも、だんだんと肉の旨味《うまみ》が顔を出してきて、濃厚な脂も感じられる。おかげでしょっぱさが薄らいできた。

「うまっ。何これ。噛《か》めば噛むほどおいしいんだけど。のみこむの、もったいない」

結局、燻製肉のかたまり三つと、酢漬けは容器の半分ほども、マナト一人で食べてしまった。ハルがやけに軽いコップと口の細い容器に入った水を持ってきてくれたので、水分もしっかりと補給できた。

「やばい。腹いっぱいになったせいかな。ちょっと眠いかも。寝ていい？」

「……かまわないが。ベッドは今、おれがたまに使っている一台しかない」

「ベッド? や、いいよ」

「いい……とは?」

「床で平気。横になるね」

「あ、あぁ……」

「少し寝させて」

マナトは床に寝転んで目をつぶった。

ハルが戸惑っているのがわかる。悪い人じゃなさそうだ。仮面なんかつけてるけど。なぜ顔を隠しているのだろう。何の理由もなく、ということはないはずだ。素顔はどんなふうなのか。

まあ、何にしても、大丈夫な人だ。そんな気がする。

すとん、と眠りに落ちて、ぱっと目が覚めた。

マナトが起き上がると、壁際で何かやっていたハルがびくっとして振り返った。

「……もう起きたのか。早いな」

「すっきりした!」

立って、あらためて部屋を見回した。ハルが前にしているのは、作業台だろうか。いいや、キチンだ。キッチンだったか。カリザの家にもキッチンはあった。炊事をするための台やら何やらが一箇所にまとめられた設備だ。それから、あれは本か。本らしきものが並ぶ棚があって、そのそばにベッドがある。ハルが使っているベッドだろう。ベッドの近くに小さな机が置かれていて、その上に本が一冊、開いて伏せた状態で置いてある。

しかし、窓がないのに明るい部屋だ。天井のところどころに照明器具が設置されていて、それらが光を放っている。明るいけれど、まぶしくはない。

「不思議だな……」

マナトは深呼吸をしてみた。

酢漬けと燻製肉の容器は片づけられていて見あたらない。そのせいか、酢や肉の匂いはしない。

この部屋には匂いらしい匂いがない。

匂いを発しているのは、おそらくマナト自身だけだ。

それに、空気が暖かくも冷たくもなく、とくに湿ってもいないし、乾いてもいない。

「何が不思議なんだ?」

ハルに訊《き》かれて、マナトは一瞬、考えこんでから答えた。

「ぜんぶかな」

「そうか」

ハルはさっきマナトが食事をしたテーブルに歩み寄って、片手をついた。

「言っておくが、グリムガルがこういう場所だとは思わないほうがいい。この方舟《はこぶね》の中は特殊だ。ここだけが別世界と言ってもいいだろう。外は――どう表現したらいいか。楽園じゃないことだけはたしかだ」

「地獄みたいな？」

「地獄……」

ハルはその言葉を繰り返してから、そっとため息をついた。

「ある意味、それに近いかもな」

「仲間が言ってたんだ。人が死んだら、地獄っていう場所に行くんだって。そこはひどいとこで、とんでもない目に遭うらしいよ。その話、聞いて、すっごい笑って」

「……笑った？」

「うん。だってさ、生きててもわりとひどいんだから、死んだあともひどくたって、たいして変わらなくない？」

「それのどこが面白いんだ……？」

「や、面白いっていうか。笑えるなぁって。ひどい場所で死んで、ひどい地獄に行くんだったら、なんかそのままでしょ。何それって思って。てことは、死んでも同じってことだし、どうなってんの？」

「どう……なってるんだろうな」

「ね？　で、そしたらさ、ジュンツァが——あ、地獄の話、教えてくれたの、仲間のジュンツァなんだけど、そういう、何だっけな、説？　みたいな。そんな考え方もあるっていう話だって。考え方って！　それでまた笑っちゃって」

「……笑っちゃったのか」

「だって、死んだらどうなるなんて、わかんないよね。どうやって確認するの？　死んだ父さんと母さんと話せるっていうなら、訊いてみるけど。無理じゃない？」

「まあ、無理だろうな。それは」

「どうやってもわかんないことを、考える人がいるんだなって。やばいよね。変わってるよ。あっ」

「……どうした？」

「外、行きたいんだけど。また出られる？　それとも、ここにいたほうがいい？」

「いや……かまわないが」

「ハル、一緒に行ってくれる？」

「きみが嫌じゃなければ」

「嫌じゃないよ。なんで？」

「きみはおれを怪しんでいないのか」

「怪しんでるけど」

「……怪しんでるんだな」

「うん。ちょっとはね。だって、ハルのこと、何も知らないし」

「それはお互い様ではあるんだが」

「あぁ。だよね。でもなんか、大丈夫かなって気はしてる。マナトだし？」

「……どういうことだ？」

「友だち」

マナトはつい笑ってしまった。

「言ってたよね。ほら。友だち？　仲間が、マナトって名前だったんでしょ」

「ああ……そうだ」

「たとえばだけど、ハルが何か企《たくら》んでたとして」

「一応、言っておくが、とくに何も企んではいない」

「たとえばね。悪いこと？　しようとしてたとしても、マナトにはやりづらいなぁ、とか思わない？　こいつマナトだしなぁ、みたいな」

ハルは腕組みをした。でも、すぐに腕をほどいた。

「おれはきみに危害を加えたりしない。もしきみがマナトじゃなくても同じだ。でも、偶然、友だちと同じ名前のきみと出会えた。それは……やっぱり、嬉《うれ》しいんだと思う。うまく伝わっていればいいんだが。他人《ひと》と話すのは、久しぶりだから……」

「大丈夫だよ」

マナトは自分の胸を叩《たた》いてみせた。

「ちゃんと伝ってる。ハルは、いい人だね。なんか、わかるんだ」

ハルは仮面の顔を少しだけうつむかせた。

「……だといいな」

†

ハルの部屋を出ると、螺旋階段《らせんかいだん》の様子が変わっていた。というか、別物になっていた。壁や床、天井、照明器具はハルの部屋と似ている。もう階段ですらない。そこは通路だった。まっすぐ延びていて、両側のところどころに扉がある。突き当たりにもどうやら扉があるようだ。

そういえば、ハルの部屋に入ったときは、扉を開けたわけではなく、螺旋階段の手すりがない場所をすり抜けた。そうすると、部屋の中の扉の前にいた。

「……出るときは扉を開けたから、別の場所に出た……ってこと？　え？」

「説明が難しい」

ハルは通路を歩いてゆく。

「でも、ここは螺旋階段と同じ空間だ。螺旋階段でも、通路でもある。あるいは、そのどちらでもない――」

マナトはハルを追いかけた。

「ううん……わけわかんないんだけど」

「そうだな。おれも完全に理解しているわけじゃない」

「ま、いっか」

「……いいのか」

「わからないことなんて、いっぱいあるし。そもそも、なんでグリムガルにいるのっていう話じゃない？」

「それは……まったくそのとおりだな」

ハルは向かって左側の扉をどうにかして開けた。具体的に何をしたのか、マナトには判然としなかったが、ハルが扉の一部をさわったのは間違いない。

扉の向こうは部屋だった。ハルの部屋も広かったが、あんなものじゃない。でも、ハルの部屋ほど明るくはない。天井に備えつけられたいくつもの丸い照明器具が放つ光は緑色がかっていて、この広間全体を照らすには強さが足りない。

マナトがハルに続いて部屋に入ると、扉は軋《きし》むこともなく勝手に閉まった。しゅっという音はしたが、やけに静かな閉まり方だった。

「何これ……」

　マナトは呆気《あっけ》にとられずにはいられなかった。

　広さはともかく、尋常じゃない数の物体が並べ置かれている。丸いものがある。四角いものもある。色々な機械がある。台の上に小さなものがびっしりと並んでいたりもする。棚があって、壺《つぼ》やら瓶やらで埋まっている。本もある。人間みたいな形をしたものがある。様々な形の容器がある。ところどころ、何も置かれていない空間があって、ハルはそこを歩いてゆく。マナトは慌ててハルのあとを追った。

「何これ。ねえ。ハル。何なの、これ？」

「ほとんどは廃品だ」

「廃品？」

「もとはどれも遺物《レリック》だった。でも、エリクシルを抽出されて、すでに力を失っている」

「れり……？　えりっく……？」

「ここは倉庫だ。役目を終えたものをここに運んで、とりあえず保管している。ただ、まだ使える品も中にはある」

　ハルは倉庫の一角で足を止めた。床に青い敷物が敷かれている。かなり大きな敷物だ。敷物の上に、ナイフやもっと長い刃物、槍《やり》、弓、ボウガンのようなものがずらりと並べられている。そうとうな数だ。十とか二十ではきかない。おそらく百を超えている。

ハルはマントをめくってみせた。鞘《さや》に入ったナイフを腰に吊《つる》しているのが見えた。マナトに見せたのだろう。

「おれは武器を持っている。きみは手ぶらだから、不用心だ。この中に何か扱えそうなものはあるか。よくわからなければ、おれが適当に見つくろう」

「好きなの使っていいってこと？」

「かまわない。おれはきみが着られそうな服をとってくる。選んでいてくれ」

「選ぶ、選ぶ。わぁ。すっご。いっぱいある。どれでもいいのかぁ。悩む……」

マナトはしゃがんで、まず目についたナイフを手にとった。鞘から抜いてみたら、両刃だった。

「あっ。考えてみたら、ナイフ持ってないんだけど。えぇ？　家の中にいても、だいたい持ってたけどな。おっかしいなぁ。あれ、使い慣れてたのに。ま、いっか。ううん……これもよさそうだなぁ。かなり切れそうだし。両刃だから、突き刺すのにもいいよね。あぁ、でも、長いのもかっこいい。刀？　なのかな？　ヤクザが持ってたけど。なんか違うかな。ちょっと、これも……」

マナトは両刃のナイフを鞘に収めていったん敷物に置き、今度は刀を持った。立ち上がって柄《つか》を握ると、想像した重さとは違った。

「えぇっ！　何これ。かっるっ。ちょっと抜いてみよ……」

鞘から抜くと、これまた片刃じゃない。両刃だった。考えてみたら、鍔《つば》の形もヤクザの刀とは異なっている。ヤクザ刀の鍔はたしか円かったが、この鍔は十字形だ。

鞘を床に置いて、試しに構えてみた。

「片手でもぜんぜんいけるけど、両手でも使える……」

長めの柄を両手で握ると、よりいっそう軽く感じられた。

「熊でもやれちゃいそう。大熊《おおぐま》は厳しいだろうけど――」
五、六回、素振りして重心や感触を確かめてから、右手から左手に投げ渡したり、その逆をやったり、刃の向きを変えてまた素振りをしたり、前後左右に移動しながら両刃の刀を振ったりしてみた。
「何これ。……何これ。よすぎるんだけど。えぇ？　ていうか、他にもよさそうなの、たくさんあるし。弓とかどうなんだろ。使ってみないと、わかんないしなぁ。矢筒と矢もあるんだ。そっか。やっぱりでも、弓はあったほうがいいよね。どれもこれも、手入れしてある……？　状態、いいし。どうしよ。迷う……」

刀だの弓矢だのをとっかえひっかえ手にしながら考えこんでいると、ハルが衣服らしきものを抱えて戻ってきた。

「おれと体の大きさはそこまで変わらないだろうから、着られると思う。ただ、色がちょっと、どうかな……」

「色？」

マナトは刀を敷物の上にそっと置いて、ハルから衣服を受けとった。ずっしりとしている。あの刀より重い。布じゃなく、動物のなめし革なのか。染色されている。

「あぁ、オレンジ……」

広げてみると、上着とズボンがひと続きになっているツナギだった。オレンジ色の部分と黒い部分がある。ハルはツナギ以外の別のものを床に置いた。長靴と手袋だ。それらもツナギに負けず劣らず頑丈そうだった。

「少し派手かな」

ハルは黒か、黒に近い色のものばかり身につけている。夜や暗がりで見つかりづらいし、森の中でも紛れやすい色だから、いいと思う。マナトも鮮やかな色合いの服や道具を使ったことはない。どうしても目立ってしまうからだ。

「ううん、そうだね……着てみていい？」

「そのために持ってきた」

ハルはマナトに背を向けた。なぜ後ろを向くのか。マナトにはよくわからなかったが、手早く着ていた服を脱いで下着姿になり、ツナギを着てみた。

「……おぉ！　着ると軽い！　すっげ。動きやすいよ。あっ。膝とか肘とかに硬いものが入ってる。靴は……ぴったり！　えぇっ。軽いんだけど！　底、こんなに厚いのに！　手袋も、いいよ。指までちゃんと動かせる。わぁ。これで刀使ってみていい？」

「……刀――ああ、それは、刀というか剣だ。もとは報いの魔剣《パニッシャー》と呼ばれる遺物《レリック》だったけど、エリクシルを抜いたから、もうただの剣でしかない」

「剣？　剣か。剣ね。いい剣だよ、これ。重心がばっちしなんじゃない？　使いやすい。うん。やっぱこれにしよ。あと、あの両刃のナイフと」

「短剣か。それは致命の短剣《ファタルシス》だ。報いの魔剣《パニッシャー》同様、効果は失われてるが」

「それから、弓と、矢筒も借りていい？」

「好きに使ってくれ。おれには必要ないものだ」

「やった！　父さんと母さんがハンターでさ。一緒にハンターしてたから。これだけあれば、ちょっとした獲物なら余裕で狩れそう」

「ハンター……狩人《かりゅうど》だったのか。きみの両親は」

「いるの？　ハンター。グリムガルにも」

「いたよ」

ハルがわざと、いる、じゃなくて、いた、という言い方をしたことは、マナトにもわかった。昔はいたけれど、もういない、ということだろう。

「おれの大事な友だちが、狩人――ハンターだった。彼女は誰よりも強くて、やさしくて、太陽みたいな人だった」

「へぇ。その人……」

死んじゃったの？

マナトはハルに訊《き》こうとして、思いとどまった。

人が死ぬのなんてあたりまえのことだし、生きていれば死なない人なんていない。子供も大人も死ぬときは死ぬし、大人になったら人はどんどん弱って死ぬ。マナトはそう考えていた。ニホンでは実際そうだった。

でも、ハルはだいぶ長く生きているようだ。それに、ハルの口ぶりからすると、グリムガル人と比べて、ニホン人は短命なのかもしれない。人が死ぬということが、何というか、マナトが思うよりも、ハルにとってはあたりまえじゃないのかもしれない。

「昔の話だ」

ハルは仮面の奥でかすかに笑った。

「おれにとっては、何もかもが……遠い過去だからな。彼女のことを、久しぶりに思いだした。思いださないようにしていたから。それで……懐かしくなったんだ」

「懐かしい、か」

マナトは剣をくるくる振り回した。手首で回すだけじゃなくて、左右の手の指と指の間で剣の柄を転がすように回転させることもできた。どんどん手に馴染《なじ》んできて、早くも自分の体の一部のように感じられる。本当にいい剣だ。

「だけど、死んでも、ただ死んだだけだよね」

「……それは——どういう意味なのか、教えてもらえるか？」

「えぇ、と、だから……死んでも、いなくなるわけじゃないっていうか。父さんも母さんも死んじゃったけど、消えた感じはしないし。仲間が何人も死んだけど、まだいるっていうか。あぁ。難しいね。ハルの、友だち？　ハンターの。ずっと前に死んじゃったんだよね。死んだとか、言わないほうがいい？」

「いや。気を遣わなくていい。おれは、ただ……この目で彼女の死を確かめたわけじゃない。できなかったんだ。遠くにいて……あとで捜しに行ったが、見つけられなかった。そうはいっても、状況から考えて、生きのびられたとはとうてい思えない」

「そっか。死んじゃったって、思いたくない？」

「……そうだな。そうだった。万が一、彼女が生き残っていたとしても、とうに天寿を全うしているはずだ」

「天寿を全う……」

「彼女が生きているという可能性はない。だから、彼女は死んでしまった。他のみんなと同じだ。でも——」

　ハルは仮面を右手で押さえた。一瞬、仮面を外そうとしているんじゃないかとマナトは思った。違った。ハルは仮面を押さえたまま、深くうなずいた。

「彼女は、いる。おれの中に。マナト。きみの言うとおりだ。おれは、彼女を……仲間たちを、友だちを、完全に失ったわけじゃない。そのことまで、忘れようとしていた。忘れるべきじゃないのに——」

3．飛んでいたね

方舟《はこぶね》を出て近くの廃墟《はいきょ》に向かった。

ハルによると、そこはもともと防壁に囲まれたオルタナという街で、大勢の人が住んでいたらしい。といっても、百年以上前の話なのだとか。

防壁の外から見た段階で想像したとおり、旧オルタナは三分の二が森で、あとの三分の一が藪《やぶ》だった。石造りの防壁は原形をとどめているが、建物の大半は崩れてほとんど木々にのみこまれている。

森や藪の中に、踏み固められた小道があって、ハルはそこを歩いていった。マナトに見てとれる足跡からして、人間が通っているうちにできた道だろう。おそらく同じ人間が何回も何回もここを通った。だとしたら、それはハルに違いない。

「ここは比較的安全だ。兎犬《ペビー》が棲《す》んでいるのと、あとはたまに穴鼠《あなねずみ》が出るくらいかな」

「食べられる？」

「穴鼠はまずい。兎犬《ペビー》の肉はうまいけど、逃げ足が速いんだ」

「そのペビーって、どれくらいの大きさ？」

「こんなものかな」

ハルは振り返って、左右の手を肩幅より少し狭い程度に広げてみせた。

「大型の獣はずいぶん減った。南の天竜山脈にはたくさんいるが、あそこは竜の縄張りだから、基本的には足を踏み入れないほうがいい」

「どうしておっきい獣が減ったの？」

「乱獲だ」

「獲《と》りまくったってこと？　ハルが？」

「まさか。そうじゃない。神に従う者たちの仕業だ」

「神？　あぁ。なんか、聞いたことあるかも。ヤクザが拝んでるとか。偉い人？　人じゃないか。カリザに三ツ目っていう大熊《おおぐま》がいてさ。いた……のかな？　見たことないけど。でっかくて、白黒斑《しろくろまだら》で、街の中に入ってきて、三十人も喰《く》い殺したんだって」

「危険な獣だな」

「カリザに像が建ってたよ。三ツ目の像。みんな恐れてて、ヤクザは神棚っていうのを作って、拝んでるって。神って、そういうの？」

「少し似ているかもしれない」

「でも、カリザの周りの山でだいぶ狩りとかしてたけど、結局、三ツ目はいなかった。あれ、ほんとなのかな」

「三ツ目はどうかわからないが、神はいる。光明神ルミアリスと、暗黒神スカルヘル」

「ルミアリス……と、スカルヘル？　二人いるんだ？」

「神は柱と数える。二柱《ふたはしら》の神だ」

やがてハルとマナトは開けた場所に出た。明らかに切り開かれている。藪どころか草っ原でもない。土が均《なら》されていて、何かの植物が規則正しく並んでいる。

「え、小屋があるよ？」

マナトは開けた土地の端のほうを指さした。その方向に、テントを大きくしたような形の小屋が立っている。

「おれが建てた。根や実、葉が食べられる植物をここで育ててる。菜園だ」

「獣に食べられちゃわない？」

「食い尽くされなければ、困りはしない。おれ一人だったからな」

「もう一人じゃないね」

「……そうだな」

ハルは菜園の外側を通って小屋のほうに歩いてゆく。マナトも菜園の植物を踏んづけないように気をつけてハルを追いかけた。

小屋のそばには木製の椅子と机が置いてあった。あたりに樽《たる》や壺《つぼ》がいくつも並んでいて、土を掘るためのシャベルやツルハシ、それ以外にも複数の道具が小屋の壁に立てかけられている。

ハルはマナトに椅子をすすめて、自分は机に腰かけた。マナトは椅子に座った。

鳥や虫の声が止《や》むことなく聞こえるけれど、それでも静かだ。防壁で囲まれているせいなのか。ニホンの森とはだいぶ違う。

「ハルは、ずっと一人？」

「人に会ったのは、ずいぶん久しぶりだからな。前回、ニホンからグリムガルに人が渡ってきたのは……四十八年前か」

「それっきりってこと？」

「彼らとは数年、交流があった」

「あぁ、彼らってことは、一人じゃなかったんだ」

「二人だった」

「どこにいるの？」

マナトが訊くと、ハルは首を横に振ってみせた。

「……グリムガルでは、ルミアリスに帰依する神兵たちと、スカルヘルに従う隷属たちが勢力争いをしている。別の勢力も、ないわけじゃない――はずだが……おれは長らく接触できていない」

「その、神兵？……と隷属って、人間？」

「人間だった者もいる」

「もう人間じゃないの？」

「グリムガルには、人間以外の種族もいるんだ」

「種族？」

「人間と同じくらい頭がよくて――人間にかなり似ている者たちもいれば、だいぶ違う者たちもいる。エルフとか、ドワーフ。有角人。ピラーツ人。セントール。ゴブリン。コボルド。色々な姿をした人間がいると思えばいい。色々な種族が。マナトのような人間は、その中の一種でしかない」

「ぜんぶひっくるめて、人ってことか」

「まあ、そうだ」

「人が……ルミアリスとかスカルヘルとかに、帰依？　従う？……と、人じゃなくなっちゃうってこと？」

「ああ。おれが知る限り、神兵も、隷属も、もはや人とは呼べない。別物だ」

「なんかこう、変わっちゃうの？　見た目とか」

「……そうだな」

ハルはうなだれて、ため息をついた。

「見た目だけなら、まだしも……中身まで変わる。何もかも。変わってしまったんだ。グリムガルは。変えてしまった……」

なんだかずいぶん落ちこんでいるようだ。

変わってしまった。

変えてしまった。

「——ん？」

マナトはちょっと首をひねった。気のせいだろうか。まるで、ハルが変えた、みたいな言い方だ。そのときだった。

羽音と葉擦れの音が鳴り渡った。

鳥だ。

すごい数の鳥が一斉に飛び立った。

立てつづけだ。最初は天竜山脈の逆方向で、その動きに応じるようにして別の方角からも次々と鳥が舞い上がった。応じるようにして、というか、応じたのだろう。何らかの異変を察知した鳥が止まっていた木から飛び立つと、他の鳥たちもどんどん続く。森ではよくあることだ。

「ハル」

マナトは椅子から立ち上がった。

「ああ」

ハルも机から離れた。

「……油断していた。連中はここに寄りつかないと思ってたんだが」

「連中って？」

「オルタナから四キロほど北西に行ったところに、スカルヘルの隷属が住みついている。たぶん、やつらの一派だろう。逃げるぞ」

「菜園は？　いいの？」

「気にするな。必要なら、また——」

ハルは言いかけてマントの中に手を突っこみ、短剣を取りだして逆手に持った。マナトは弓を手にして矢筒から矢を抜こうとしたが、ハルに止められた。

「やつらに矢はきかない。……今のおれは、ぼんくらだな。鈍ってるどころの騒ぎじゃない。まったく気づかなかった」

ハルは何に気づかなかったのか。マナトはすでに理解していた。

マナトたちの正面は、初めに鳥たちが飛び立った方向だ。そっちじゃなくて、向かって左のほうの森からだった。何者かが菜園に駆けこんできたのだ。

「違う」

ハルが呟《つぶや》いた。

「隷属じゃない……だと？　神兵——」

人だった。もはや人とは呼べない。見た目も中身も別物だと、ハルは言っていた。たしかに、あれはなんとも奇妙だ。

頭があって、胴体から腕と脚が二本ずつのびている。形は人間だ。でも、つるっとした光沢のあるもので、全身が覆われているのか。磨いた金属板を体に貼りつけているようにも見えるが、それにしては滑らかすぎる。そして、目だ。目が二つある。その二つの目が、なんと光っている。

そいつは何か長い物を両手で持っている。槍《やり》だろう。槍に旗を装着している。旗に描かれた図形は、四角でも三角でもない。円でもない。何と呼ぶのか、マナトにはわからないが、突起が六つある形だ。

「神官か。ということは——来い、マナト」

ハルが駆けだした。言うとおりにしたほうがよそうだ。頭でそう考える前に、マナトの体は勝手に動いてハルを追いかけていた。

ハルは天竜山脈方向の森に分け入ってゆく。そっちにも何かいる。目。光る目が、こっちに向かってくる。でも、あいつは頭だけだ。金属みたいな光沢のあるもので、頭だけが覆われている。旗付きの槍を持っていたやつとは違う。服を着ている。白っぽい布を体に巻きつけているような、たっぷりした服だ。手に棒みたいなものを持っている。ただの棒じゃないか。棒の先に球状の物体がついている。あれで殴られたらかなり痛そうだ。

「ハル!?」

「神兵長だ」

そう言った直後、前を行くハルの背中が、唐突にマナトの視界から消えた。マナトは驚いたが、ハルがぐっと姿勢を低くして、右斜め方向にある木を回りこんでいったのはどうにかわかった。まるで山猫みたいな身のこなしだ。神出鬼没の大山猫《おおやまねこ》には出くわしたことがない。出くわしていたら、たぶん食われてしまっている。マナトは中型の山猫しか見たことがないが、嘘《うそ》みたいにすばしっこかった。木々の合間を駆け抜けていったと思ったら、次の瞬間には樹上にいて、そこからマナトを見下ろしていた。どんなに素早い人間でも、あの動きを真似《まね》するのは無理だろう。あのときはそう思ったが、そんなこともないようだ。ハルはさながら山猫だった。

気がついたら、頭だけ光沢があるものに覆われていて、二つの目が光っている——神兵長、だったか。その神兵長の、前じゃない。横でもなかった。

後ろだ。

ハルは神兵長の背後に移動していた。

「すごっ！」

マナトは目を瞠《みは》って叫んだ。思わず立ち止まってしまった。

ハルは後ろから左手を伸ばし、神兵長の目をふさぐようにして頭の右側を摑《つか》んだ。それと同時に、右手で逆手に持っている短剣で神兵長の首を搔《か》き切った。生き物の頭と胴体を、あんなにもたやすく切り離せるものなのか。たぶんコツがあるのだろう。力の加え方とか角度とかタイミングとか。やっぱり、左手で神兵長の頭を押さえて、手許《てもと》に引き寄せるように、それか、ねじるようにしたのがポイントなんじゃないか。短剣の使い方も、ただ引き切る感じとは違う。ハルはぐるっと手首を返した。しかも、8の字を描くように上下にも動いていた。

ハルは間髪を容《い》れず神兵長の胴体を蹴倒した。頭はそのへんに捨てるのかと思いきや、そうじゃなかった。ハルは神兵長の頭をひょいと投げ上げると、左手でふたたびキャッチした。ちょうど頭頂部がハルの掌の上にのっている。

神兵長の二つの目はまだ光っていた。そのとき、神兵長にも口らしきものがあることにマナトは気づいた。人間だったら口がそこにあるべきところが横に裂けている。その裂け目が広がった。

「ひかりぃ！　るみありすおぉ！　ひかりあれ……！」

しゃべった。

かなり聞きとりづらかったが、声だ。神兵長が声を発した。

頭だけなのに。

「神に仕える連中は、この程度では死なない」

ハルは神兵長の頭の角度を変えた。切断面を自分のほうに向けて、そこに短剣を突き入れた。

「あぁっ。あああぁっ。ひかりがぁ。るみありす、ひかりがみえる、ひかりぃ……――」

ハルは何をしたのか。短剣で神兵長の頭部の中を引っかき回した。おそらくそれだけじゃない。きっと頭部の中に何かがあるのだ。それを短剣で傷つけて破壊することで、頭と胴体を切り分けられても死なない神兵長が死んでしまう、何かが。普通の動物で言えば、脳とか心臓のような、生命活動を維持するのに不可欠なものが。

神兵長が黙った。目の光も消えた。

ハルは神兵長の頭を捨てるなり、また山猫のように身を沈めて左方向にすっと移動した。そっちには、別の――神官や神兵長とは違う、見たところ、人間なのか。でも、肌が褐色というか灰色っぽい。ひょろっとしていて、耳が尖《とが》っている。着ている服は、神兵長と似たり寄ったりだ。右手に剣を、左手には板状の物体を持っている。板状の物体は盾だ。目はやはり光っているけれど、神官や神兵長みたいに光沢のあるもので頭部が覆われているわけじゃない。暗闇の中で獣の瞳がきらっと輝いて見えることがある。あれと同じとは言えないが、おおよそそんな感じだ。生身の目自体が光っている。

ハルはその尖り耳を神兵長とはいくらか異なる方法で仕留めた。背後をとるところまでは一緒だったが、首の付け根のところから斜めに突き上げるように短剣をぶちこんだようだ。ハルは尖り耳の頭を押さえて短剣をぐぐっと動かした。すると尖り耳の目は光を失い、ぐったりしてくずおれた。

「マナト、何をしてる。ついてくるんだ」

ハルが左手を振って手招きした。マナトはふたたび走りだしたが、大丈夫なのかな、とも思っていた。ハルのあとを追いながら、マナトは左右だけじゃなく、後ろにも目を配っていた。二人は追跡されている。一方向じゃない。敵はあちこちにいる。このあたりは鬱《うっ》蒼《そう》と木が生い茂っているし、建物の残骸なんかもあったりして、見通しがきかない。それでもたまに人らしきものの姿が目に入る。足音、声も聞こえてくる。

「光！」

「光よぉ！」

「光！」

「光あれ！」

「ルミアリス！」

「光よ！　ルミアリスよ！」

「我に加護を！」

マナトに理解できる言葉もあれば、ちょっとよくわからない言葉もある。

「ディエデンダ！」

「アーフィンケ！」

「ロルバロル！」

でも、きっと同じようなことを叫んでいるのだろう。語調が似ている。

すごい数だ。

五人とか六人ではとてもきかない。追っ手は十人以上。ひょっとしたら、数十人かもしれない。

マナトは山犬の群れや大勢のヤクザに追い回されたことがある。追われるのはわりと平気だが、逃げきれるのか、捕まるんじゃないかという懸念はあった。というか、普通に考えたらまず捕まる。

それなのに、不思議だ。最初に神兵長と尖り耳を始末して以来、二人は追いつかれそうで追いつかれない。よっぽどツイているのか。運だけなのだろうか。マナトはひたすらハルについていっているだけだ。逃走経路を選択しているのはハルだから、ハルが上手に逃げている、ということなのだろう。

「余裕でついてくるな」

ハルがちらりと振り返って言った。

「すごいじゃないか、マナト」

「えぇ。ハルこそ。息も切れてないし」

「……そっちもだろう」

「やぁ、けっこうきつくなってきたけど。きつくはないかな。まだいけるけど」

「助かるよ」

「助かってるの、絶対こっちだよ?」

行く手に防壁が見えてきた。谷間のように落ちこんでいる部分がある。ハルはそこから外に出るつもりだろう。

「ハル! 右!」

マナトが声をかけると、ハルは「ああ」と短く応じた。ハルもわかっているようだ。まだ距離はあるが、向かって右のほう、防壁の上に人影がある。人影。人じゃない。旗付きの槍を持っている。神官だ。先回りされたらしい。

ハルはかまわず防壁の谷間を駆け抜けてオルタナの外に出た。マナトも続いた。

右を見ると、神官が防壁から飛び降りたところだった。神官だけじゃない。頭だけが光沢のあるもので覆われている神兵長が一人、目が光っているだけのやつも何人か防壁の上にいて、神官を追おうとしている。

ハルがどうしてか速度をゆるめた。おかげでマナトはハルに追いついてしまった。

「いいか、マナト、聞け」

「うん。聞く」

「方舟《はこぶね》に向かえ。きみ一人じゃ中には入れない。なんとか身を隠して、方舟の近くでおれを待て」

「え、ハルは?」

「やつらをどうにかする」

「一人で?」

「おれは問題ない」

「ううん……」

「ここで百年以上生きてる。ただ、きみを庇《かば》いながらだと、自信がない」

「百年以上――百年っ?」

「行け」

ハルが顎をしゃくるようにして方舟の方角を示した。それから踵《きびす》を返した。

マナトも回れ右して、剣を鞘《さや》から抜いた。

「……マナト!?」

ハルはぎょっとしたみたいだ。

「手伝うだけ!」

ハルはつい笑ってしまった。

「危なくなったら逃げるし、大丈夫!」

「大丈夫って……」

「いっぱい来るしさ。ほら、さっき通った壁の穴? からも」

防壁から飛び降りた神官、神兵長一人、目が光っているやつらが四人、五人か、それに加えて、ハルとマナトが脱出してきた場所からも、神兵長が飛びだしてきた。目が光っているやつらも、続々と出てくる。

「ハル、あの目が光ってる人たちって――」

「神兵だ」

ハルは短剣を左手に持ち替え、マントの中からもう一本、別の武器を出した。形は少し違うけれど、それも短剣だ。ハルは両手に短剣を一本ずつ持った。待ち構えずに、神官めがけて駆けてゆく。神官、神兵長、五人の神兵たちは、ハルに群がろうとしている。七対一だ。多勢に無勢にも程がある。加勢したいが、防壁の谷間から出てくる連中をどうにかしないと、ハルはもっときつくなるだろう。

マナトは防壁の谷間から出てきた神兵長に突進した。その神兵長の光沢のあるものに覆われた頭には、二本の角が生えている。グリムガルには色々な種族がいるとハルが言っていた。角が生えている人もいるのだろう。二本角の神兵長は、右手に先っぽが丸くなった棒を持っている。棒の長さはせいぜい腕一本分くらいだ。左手で持っている円形の物体は防御用だろう。円い盾か。あれで殴りつけることもできそうだ。

「ロルバロル……！」

二本角の神兵長は円い盾を前に出して詰め寄ってきた。

もしマナトが剣で斬りつけたら、二本角の神兵長は円い盾で防ぎ止めるか、受け流すかする。そしてすかさず、マナトを棒で一撃しようとするはずだ。

わざわざ付き合ってやる筋合いはない。マナトは二本角の神兵長が左手に持つ円い盾をぎりぎり躱《かわ》して、斜め右前方に身を投げだした。転がり起きると、二本角の神兵長は足を止めてマナトのほうに顔を向けていた。ハルじゃなくて、マナトに襲いかかってくる。マナトがそう仕向けたわけだから、狙いどおりだ。

マナトは防壁の谷間を目指して走った。神兵が二人、いや、三人か、光が何だとか光はどうしたとか叫びながら、一団となって押し寄せてくる。

なんか、こういうのって、怖いことは怖いんだけど、怖くなってくると、逆に怖くなくなるっていうか。

高い場所から飛び降りるのとも似ている。わ、高っ。危ない、と思う。くっ、と胸が狭くなって、鳥肌が立ったりもする。ざわっとして、飛び降りないほうがいいと感じるのに、飛び降りたくてたまらない。

両親は、マナトのそういうところを心配していた。ハンターは慎重じゃなきゃいけない。恐れを知らないハンターは、自分の手に負えない獲物を狩ろうとして、しっぺ返しを食う。ハンターは臆病なくらいがちょうどいい。両親はたぶん、マナトはハンターに向かないと思っていた。

でも、怖いけれど怖くないのだから、しょうがない。この話をすると、ジュンツァやアム、ネイカも首をひねっていたし、マナトはちょっと変なのかもしれない。マナトは怖いのがそれほど嫌じゃないのだ。むしろ、けっこう好きなのかもしれない。怖いと、笑えてくる。間違いなく怖いのに、怖くなくなる。いや、怖いことは怖いのだが、楽しい。

そう。

楽しい。

怖ければ怖いほど、楽しくなってくる。

楽しいからといって、マナトは何も考えていないわけじゃない。神兵が三人。それぞれの動きを見て、どう出てくるか予想して、ああしようとか、あいつがこうしてきた場合はこうしようとか、別のやつはこんな感じだろうから、どうしようとか。考えてはいるものの、判断は一瞬だ。方針だけは明確だった。

よける。

逃げるのではない。背中を向けて逃げたら、追いすがられて、やられる。とにかくよけて、よけて、よけまくってやる。

三人の神兵は、それぞれ、髪の長い女性が先の丸い棒、体格のいい緑色の肌のやつが剣と板状の盾、尖り耳が長い棒を持っている。全員リーチがばらばらだ。体格にも違いがある。二本角の神兵長もやってきた。四対一か。四対一。笑える。四対一だ。

「アーフィンケ……！」

尖《とが》り耳《みみ》の神兵が長い棒を振り回してきた。くる。向かって右から長い棒が。これは、当たる。このまま突っこんでいったら。やばい。マナトは下がらなかったし、速度を落としもしなかった。右にも左にも行かない。当たる。当たるってば。

当たる寸前に、マナトは前を向いたまま頭を低くした。

膝が自分の胸にぶつかるほど低い体勢になると、長い棒は当たらなかった。

頭には。

髪の毛にはふれた。

マナトはかまわず尖り耳の神兵に体ごとぶつかっていった。体当たりじゃない。剣だ。マナトは剣を持っている。神兵の土手っ腹に剣をぶちこんだら、ちょっとびっくりする刺さり方をした。えぇ？　刺さる？　こんなに？　ほとんど一瞬で、鍔元《つばもと》近くまで刺さってしまった。抜けるのか、これ。

「――っ……！」

マナトは右手で握った剣の柄《つか》を思いきり引きながら、尖り耳の神兵の胸を左手で押した。神兵が尻餅をついて、剣は意外とすんなり抜けてくれた。神兵は長い棒を手放していない。マナトは神兵の右手首を剣で斬った。斬ろう、と思って剣を動かしたら、斬れてしまった。すごい。面白いように斬れる剣だ。

「アーフィンケ、ルミアリシェル……！」

尖り耳の神兵は、腹を刺されて右手を斬り飛ばされたのに、起き上がろうとしている。首を刎《は》ねないとだめなのか。でも、剣と盾を持った体格のいい緑肌の神兵が攻めかかってくる。マナトはとっさに剣を振った。緑肌神兵の剣を、どうにか弾《はじ》くことはできたものの、少し体勢が崩れそうになった。

「力、強っ……」

「イグランッシャ……！」

緑肌神兵は矢継ぎ早に剣を繰り出してくる。打ち合いたくないが、たぶん躱しきれない。マナトは必死に剣で緑肌神兵の剣を打ち返した。緑肌神兵は片手持ちで、マナトは両手持ちしているのに、力負けしそうだ。だいたい、でかいし。あの剣も、長さはともかく、厚くて重い。よくも片手であんなふうに軽々と振り回せるものだ。

「光よ……！」

しかも、そこに女性神兵が突っかかってきたものだから、たまらない。

「――わっ……！」

マナトは反射的に横っ飛びし、地べたに身を投げだした。そうしていなかったら、女性神兵の先が丸い棒をもろに食らっていただろう。

転がって起きようとしたら、尖り耳の神兵が躍りかかってきた。

「アーフィンケ……！」

「ちょっ──」

マナトは尖り耳の神兵を蹴りのけた。うまい具合に、尖り耳の神兵が女性神兵にぶつかってくれた。

「ディエデンダ……！」

けれども、緑肌の神兵が跳んでくる。マナトを踏んづける気か。

「や、だからっ──」

踏み潰されるわけにはいかない。マナトが慌てて這《は》い起きた先では、しかし、二本角の神官長が待ち構えていた。

「ロルバロル！　ルミアリス……！」

「ばっ……」

やばい。

これ、そうとうやばいかも。

自分が何をよけようとしているのか、実際、何をよけているのか、マナトはすぐにわからなくなった。何が何だかわからなくても、迫ってくるものからひたすら身を躱すしかない。どれもこれもマナトを打ち砕こうとしている。もしくは、叩《たた》き斬ろうとしている。組みついて、めちゃくちゃにしようとしている。

「――ぐっ……!?」

剣がマナトの手から離れそうになって、離すまいとしたら、両腕ごと体が左方向に持っていかれた。緑肌神兵の剣を防ごうとして、受けきれなかったのだ。

次の瞬間、どんっ、と強烈な衝撃を受けた。蹴られたのか何なのか。息が詰まって、吹っ飛ばされた。起き上がる前にマナトは思った。やられる。まずい。起きないと。

息がちゃんとできない。

体は、動く。

なんとか動いてくれている。

マナトは二本角の神兵長から遠ざかろうとした。緑肌神兵からも、女性神兵からも、尖り耳の神兵からも、離れたい。少しでもいい。離れたほうがいい。

壁。

防壁がある。

近い。

すぐそばだ。

「へへっ……」

マナトは笑った。

少なくとも、笑おうとした。

石積みの防壁は指や足が引っかかるところがいくらでもあって、簡単によじ登れた。神兵長や神兵たちに背を向けることになるから、あまりよくないんじゃないかと、よじ登りはじめてから思った。どうなのだろう。そうはいっても、振り向いて確かめるより、登ってしまったほうがいいか。というか、もう登りきった。

マナトは防壁の上にしゃがんだ。振り返って見下ろすと、神兵長や神兵たちがいた。光る目でマナトを見上げている。

「あれ……」

登ってこないんだ。

自分が手ぶらだと気づいたのはそのときだった。そうか。だから、すいすいよじ登ることができたのだ。木登りは得意だが、剣を持ったままだとさすがにこうはいかない。剣はどこにいったのか。剣だけじゃなくて、弓も、矢筒もない。

胸が痛い。かなり痛い。苦しいけれど、呼吸はなんとかできる。

あった。

剣。

二本角の神兵長の後ろに落ちている。拾わないと。いい剣だし。胸が痛い。何だろう。骨とか、折れてる？　肋骨《ろっこつ》とか。そうか。たぶん、盾だ。緑肌神兵の盾でぶん殴られて、吹っ飛ばされた。あのときだ。

尖り耳の神兵が何かやっている。右手か。マナトが斬り離した右手を、切断面にくっつけようとしているらしい。くっつくのだろうか。くっつくか。わからない。マナトはくっつけたことがない。

「あぁ……」

マナトは頭を振った。少しぼんやりしている。痛いし。胸が。でも、大丈夫だ。我慢できる。痛いのは、そのうち治るし。骨くらいなら、折れても、まあ。折れたこと、あるし。何回か。何回も、あるし。

父さんも、母さんも、仰天していた。

えっ、マナト、折れた骨、もうくっついてるんじゃないの。すごいな、マナト。えっ、すごいの、これ？　いや、すごいって。すごい、すごい。

三人で笑ったっけ。

思いだしている場合じゃない。

二本角の神兵長が防壁を蹴った。すると、女性神兵と緑肌神兵が武器や盾を捨てた。登ってくるつもりのようだ。

「マナト……！」

ハルの声がした。見ると、ハルは旗付きの槍《やり》を持った神官と、二人の神兵に囲まれている。何人か倒れているので、あの神官と神兵二人以外はハルが始末したのか。

「時間を稼げ、すぐ助ける……！」

「大丈夫！」

マナトは自分で言っておいて笑ってしまった。大丈夫？　どこが？

オルタナのほうに目をやると、神兵長か神兵か、どちらかは判然としないが、森の中で動く人影がちらほら見えた。防壁の谷間から、頭部が光沢のあるもので覆われた神兵長が駆けだしてくる。神兵長に続いて、神兵たちも出てきた。せっかくハルが何人か減らしたのに、増えてしまった。

「マジかぁ……！」

本当に、笑える。ジュンツァに何回も注意された。変なところで笑いすぎだと。けどさ、仕方なくない？　なんか笑えて、笑っちゃうんだから。

「――よし！」

マナトは防壁から飛び降りた。よじ登ってくる緑肌神兵と女性神兵につかまらないように、できるだけ遠くへ跳んだ。二本角の神兵長を飛び越えられるだろうか。飛び越えられなかったら、ちょっとよくない。

「ブロブラル！　ルミアリス……！」

二本角の神兵長が円い盾を掲げた。先が丸い棒でマナトを打ち落とそうとしている。マナトは笑った。やっぱない、これ。空中だし、よけようがない。いや？　そうでもない？

「──っ……」

マナトは両腕で膝を抱えこむような姿勢になった。少しでも体を縮めれば、神兵長の先が丸い棒が当たりづらくなる。

かもしれない。

どうだろう。

「ごっ──……!」

だめか。

体の左側を強打されて、マナトは地面に叩き落とされた。一瞬、気が遠くなったが、剣、剣だ、剣を拾わないと。あった。剣。剣だ。

「かぁっ……!」

マナトは剣を両手持ちして、跳ね起きながら力任せに振るった。すると、当たった。神兵長の先が丸い棒を、マナトの剣が打ち返した。偶然だ。笑うでしょ、こんなの。

「ぬっ! くっ! つぁっ……!」

あちこち痛いような気もするが、気にしてなんかいられない。マナトは剣を振って、振って、振った。下がったら、なんだかこう、負けのような。剣を、とにもかくにも剣を振り回しながら前に、前に、前に出るのだ。

マナトは下がっていない。たぶん、二本角の神兵長は下がっている。

押している、と思った途端、横合いから何かがぶつかってきた。躱《かわ》すなんてとうてい不可能だった。

「おっ――」

マナトは横倒しになって、間を置かずに、おそらく足蹴にされた。なんて馬鹿力だ。半端じゃない脚力。きっと緑肌神兵だ。

蹴り転がされて、そのあたりは草っ原というか、藪《やぶ》というほどじゃない茂みだから、こうやって寝っ転がっていると、草葉に視界が妨げられて、もう何が何やら。寝っ転がっているわけじゃないのだが。

「んっ……!?」

左肩から背中にかけて、ガツッとやられた。

痛いというか、熱いというか。

何だろう、これ。

もしかして、斬られた、とか？

「マナトォ……！」

どこかでハルが叫んだ。

逃げればよかったのかな。そんなことを、ちらりと思った。言われたとおりにしたほうがよかった？

「うやぁーっ……！」

マナトは仰向《あおむ》けになって、右手だけで握っている剣をぶん回した。左腕は、痛いんだか何なんだか、思うように動かせない。左腕に限らず、何もかも思いどおりにならない。神兵長や神兵たちが、周りにたくさんいることはわかる。何人いるのかはよくわからない。さすがにそこまではわからない。

怖くはない。なんだかもう、ちっとも怖くない。

楽しくもないから、笑えない。

何だよ、これ。何やってるんだよ。だめじゃないか、こんなの。

やっぱり、逃げればよかったのかな。方舟《はこぶね》に向かえって、ハルに言われたし。そうしなきゃいけなかったのか。間違いだった？

「――んがっ……」

急に剣がマナトの右手から離れて、どこかに飛んでいってしまった。

二本角の神兵長が、マナトの胸をまたいでいる。神兵長は先が丸い棒を振り上げ、光る目でマナトを見下ろしている。

空を何かが飛んでいる。鳥だろうか。それにしては大きいような。近いというか、低いのかもしれない。一匹。一羽？　違う。二匹か二羽の鳥だか何だかは、神兵長の頭上を横切って、すぐに見えなくなった。鳥。鳥がどうしたっていうんだ。

「アルベラロ・ルミアリス・レル……！」

神兵長が何か言っている。

何を言っているのだろう。マナトには見当もつかない。女性神兵が伏せるようにしてマナトに顔を近づけた。

「ルミアリスに帰依しなさい。そうすれば、あなたは永遠に救われる」

思わずマナトは女性神兵と目を見あわせた。神官や神兵長のように、光沢のあるもので頭部が覆われていて、目の部分が光っているよりも、人の目自体が光を放っているほうが、かえって不気味だ。その光の奥に、六つの突起を持つ図形が見えた。神官の旗に描かれていたものと同じ形だ。

「弱き者よ、光に帰依しなさい」

女性神兵が言った。不思議とやさしげな口調だった。

帰依。何だろう。帰依って。よくわからないが、従えとか、仲間になれとか、そういう意味だろうか。

マナトは笑った。笑うと体中が痛くて、いっそう笑えた。

「絶対、いやだ」

「ならば死ね」

女性神兵が囁《ささや》くように言って、二本角の神兵長を振り仰ぎ、首を横に振ってみせた。

神兵長がうなずいた。振りかぶっている棒の先、あの丸い部分で、殴るつもりなのか。あれをどこに叩《たた》きつけるのだろう。顔面、とか？　そんなことしたら、潰れちゃうって。顔が潰れたら、たぶんそう簡単には治らない。ひょっとしたら、死んでしまうかもしれないし。あぁ。

もしかして、死ぬ？　このままだと、死んじゃう感じ？

マナトは逃げようとしたが、どうもこれは間に合いそうにない。

「――っ……！」

ハルが背後から神兵長の頭を二本の短剣で挟みこむようにして刎《は》ね飛ばさなければ、マナトの顔面はぐちゃぐちゃになっていただろう。というか、いつの間に？　いた？　ハル。一瞬前まで、そこにはいなかっと思う。

「マナト……！」

ハルは頭部を失った神兵長を蹴り倒すなり、女性神兵の首を斬り飛ばした。今の、どうやって？　マナトの目には、ハルの右手に持っている短剣が、ぎゅんっと伸びたように見えた。短剣の剣身が瞬間、長くなって、女性神兵の首をすっぱり斬り落とした。そんなことって、ある？　ただ、女性神兵は四《よ》つん這《ば》いになっていたから、ハルが短剣で彼女の首を斬るには、屈《かが》みこむくらいのことはしないといけない。それなのに、ハルはそうしなかった。立った状態で斬った。ということは、やはりハルの短剣は伸びたのか。

「起きられるか、マナト……!?」

ハルはマナトにそう問いかけながら、緑肌神兵めがけて短剣を伸ばした。

間違いない。ハルが右手の短剣を振りだすと、剣身がぎゅんっと長くなった。緑肌神兵はそれをかろうじて盾で受け止めたが、前に出てこられない。ハルがぎゅんぎゅんぎゅんぎゅん短剣を伸ばすものだから、緑肌神兵は防戦一方になっている。短剣というより、縄か何かみたいな。縄は伸び縮みしないか。何なんだ、あれ。

「マナト!?」

「――おわっ！　うん……！」

起きられるか、と訊《き》かれて、まだ返事をしていなかった。マナトは反動をつけて一気に跳び起きた。どこもかしこも痛いことは痛いが、動けなくはない。

ハルは緑肌神兵に短剣を伸ばして後退させると、尖《とが》り耳《みみ》神兵が突きだしてきた長い棒をするっとよけた。そのときにはもう、ハルが伸ばした短剣が尖り耳神兵の首をきれいに切断していた。

マナトは自分の剣を探そうとした。どこに飛んでいったのか。ない。見つからない。とりあえず、剣はいいか。よくはないけれど、防壁の谷間から出てきた連中がやってくる。何人いるのだろう。あとからあとから出てくる。それだけじゃない。防壁の上にも神兵がいる。いや、あれは神兵長か。神兵も何人かいる。

「オークめ！　手強《てごわ》い……！」

ハルはひゅひゅっと短剣を伸ばして緑肌神兵に盾を使わせると、その隙に距離を詰めた。一歩目から、ハルは速い。二歩目はもっと速いし、直線的な動きじゃないから、見失いそうになる。手強い、と言っていたのは、いったい何だったのか。ハルはあっという間に緑肌神兵の背後に回りこんでしまった。そうして、右手の伸びる短剣と左手の短剣で、ぐるっと巻きこむみたいに緑肌神兵の首を刈り飛ばしてしまう。鮮やかと言うしかない手並みだ。あんなことができたら、さぞかし気分がいいだろう。

ハルはマナトを見た。

「走れ――」

そのあとにも何か言おうとしたに違いない。言わなかったのは、二本角の神兵長が立ち上がったからだ。

「ルミアリス……！　ブロブラル……！」

「えへっ……」

マナトは呆然《ぼうぜん》とするあまり、少し笑ってしまった。おかげで、えっ、というより、えへっ、に近い声が出たのだ。

神兵長は二本角の頭を両手で持って首に押しつけていた。

いや、くっつかないでしょ。いくらなんでも、それは。

でも、そういえば尖り耳の神兵は、マナトが右手を斬り飛ばしたのに、さっき長い棒を両手で持っていた。あの短時間で、くっついたのか。くっつけたのだ。ということは、頭もくっつく？　それはちょっと、どうなのだろう。手と頭は別物だ。ぜんぜん違う。

違わないのか。

神兵長は、角が二本生えている自分の頭から、手を離した。

間違いなく離して、もう手で押さえていないのに、頭がとれてしまわない。

くっついた。

「光核《こうかく》を壊しきれてない……！」

ハルがマナトにはよくわからない、何かそんなようなことを言って、右手の短剣を伸ばした。神兵長は、短剣と呼んでいいのか迷うようなハルの短剣を、左腕で防いだ。受け止めようとしたのだろうが、神兵長の左腕は伸びる短剣に斬り飛ばされた。そんなことはおかまいなしで、神兵長はハルに突進した。

「これだから……！」

ハルは右足で神兵長の胸を蹴ってのけぞらせると、間髪を容《い》れず左足でもう一回蹴って転ばせた。そうだ。

逃げないと。

マナトは駆けだそうとした。今度はハルの言うことを聞こう。

「光よ！」

「イグランッシャ！　ディエデンダ！」

「ルミアリス！　ロルバロル！」

「アーフィンケ！　ルミアリシェル！」

「ルミアリスの加護のもとに……！」

押し寄せてくるし。

神兵長が。

神兵たちが。

そして、全身が光沢のあるもので覆われた神官も。

神官が槍《やり》に付けた旗を振り回して、神兵長や神兵たちを煽《あお》り立てているのか。ハルは神官を仕留めきれなかったのだろう。というか、神兵長でさえ、首を斬られてもすぐ復活してしまった。死ぬよ？　首を斬られたら、さすがに普通は。普通じゃなくても、死にそうなものだ。でも、神兵長は生き返った。それか、死んでいなかったのか。首を斬られたくらいでは死なない。ようするに、そういうことなのか。神官もきっと同じか、なんとなくだが、神官は神兵長よりもしぶとそうだ。ハルでも殺せないなんて。やばい。ものすごく怖いのに、マナトは笑えなかった。あまり楽しくない。逃げなきゃ。頭ではそう考えているのに、体がきびきび動いてくれない。

――こういうときは、笑うといいんだ。

父さんの、歯が抜けてしわしわになった顔が浮かんだ。

――笑ったら、力が抜けるからね。

母さんも負けじと皺《しわ》だらけで、それは父さんと母さんが二人とも顔をくしゃくしゃにして笑っているせいでもあった。

――どんなときも、笑っていれば耐えられるし、乗りきれるから。

マナトはずっとそう両親に教えられてきた。幼いころは泣くこともあったけれど、そんなときも両親はなんとか我が子を笑わせようとした。何より、二人がいつも笑っていた。つられてマナトも笑った。

わかっていた。

とても笑えるような気分じゃないときもあった。実際、両親とも、どこも痛くない、少しもつらくない日なんて、ほとんどなかったはずだ。苦しくてしょうがないときは、無理やり笑っていた。やけくそのように笑っていることもあった。

でも、笑わないよりは、笑っていたほうがいい。

笑えないよりも、笑えたほうが、遥《はる》かにいい。

みんな、いつか死ぬ。マナトだって死ぬ。

死ぬ寸前まで、父さんと母さんがそうだったように、笑える限り、笑っていたい。

「にひっ……」

だからマナトは強引に笑顔を作った。そうすると、少しだけ楽しくなってきた。楽しくなれば、体は動く。

ハルはマナトを先に行かせるつもりだ。ハル自身はマナトの後ろにつく気だろう。だったら、マナトはできるだけ速く走らないと。前を向いて振り返らないほうがいい。そう思ってはいるのだが、気になってつい後ろを見てしまう。近いし。神兵長。神兵たち。かなり近くまで迫ってきている。

「――って……」

オルタナじゃなくて、その逆方向から、何かがぶっ飛んできた。

水平じゃない。

斜めだった。

下降しながら、つまり、それは空から斜めに落下してきたのだ。

生き物だ。

羽がある。

大きい。

鳥。

いや、違う。鳥なんかじゃない。だって、人間よりもずっと大きいのだ。

さっき、何かが飛んでいた。

二本角の神兵長。

その頭上を、鳥のようなものが横切った。

鳥にしては大きなものが。

もしかして、あれだったのか。

「竜だと……!?」

ハルが叫んだ。

竜。

あれが竜か。

羽があって、脚が二本ある。

竜はその脚で神兵長や神兵たちを蹴って、弾《はじ》き飛ばした。着地してはいない。ぎりぎりだった。竜は力強く羽を動かして、直進しながら浮き上がってゆく。

マナトは見た。竜の背から、何かが、というか、誰かが飛び降りた。人? 人間なのだろうか。マントこそつけていないものの、ハルみたいに厚着している。顔は、よくわからない。ハルのような仮面とは違うが、がっちりした眼鏡のようなものをつけて、顔の下半分も何かで覆っている。

竜は防壁にぶつかりそうだったが、どうにか激突しないで高度を上げてゆく。

「キャランビット！　山で待ってろ……！」

これは、竜から飛び降りた人間の声か。そうだ。人間には、男がいて、女がいる。それ以外もいると、父さんと母さんが言っていたけれど、父さんは男で、母さんは女、ハルはたぶん男、マナトも男で、ジュンツァは男、アムとネイカは女だ。あの人間はおそらく女だろう。男と女では、体つきや、声の感じがちょっと違う。だいたいの場合、男のほうが体が大きい。あの女は、マナトやハルよりもいくらか背が低そうだ。

女は背中に斜めがけしていた剣を抜くと、竜に蹴飛ばされなかった神兵に歩み寄った。ただふらっと歩いていって、右手だけで持っている剣をしゅっと振った。たったそれだけで、神兵の右腕と左腕がいっぺんに斬り飛ばれてしまった。

「リンカとルーデン・アラバキアの娘ヨリ！　多勢に無勢と見た、助太刀する！」

4・剣と拳

「……すけ、だち……」

あまりのことに、マナトは我知らず立ち止まっていた。よくわからないけれど、助けてくれる、ということなのか。ハルも足を止めている。

「アラバキアだって……!?」

「父親の名だ!」

ヨリと名乗った女は、ハルにアラバキアと言われてなぜか怒った。

「ルミアリス……!」

両腕を失った神兵がヨリに飛びつこうとした。

「あぁ!?」

ヨリは一瞬、驚いたようだが、ほんの一瞬だった。すかさずまた剣をしゅっと振って、今度は神兵の首をあっさり刎《は》ねてしまった。

「ずいぶん生きがいいじゃないか。ちょうど山越えで体が冷えきってる。あったためさせてもらう!」

首を斬られた神兵はさておき、さっき竜に蹴られた神兵長と神兵たちは早くも起き上がっている。竜に蹴られなかった神兵も十人かそこらはいるだろう。いや、もっといるか。

「光よ！　光のもとに！　ルミアリスよ、我らに光の加護を……！」

神官が槍旗の穂先をヨリのほうに向けた。途端に神兵長と神兵たちがどっとヨリに襲いかかった。見た目からして、神官は他の連中と一段違う。神兵長や神兵よりも偉くて、指示を出す立場なのか。

「ちょっ――」

ハルはヨリに何か声をかけようとしたのだろう。

「五熾《ごしき》！」

ヨリは聞いちゃいない。自分めがけて殺到してくる神兵長、神兵たちに立ち向かってゆく。でも、それはどうなのだろう。勇敢というか、無茶というか、無謀というか。マナトは総毛立った。ヨリ。彼女は何者なのか。見当もつかないが、何かすごいことをやってくれそうな気がする。だって、竜に乗って現れた。竜は飛んでいた。ヨリはどこかから飛んできたのだ。その時点でもう十分すごい。

「焔熱剣《アルヴァアーン》……！」

ヨリは剣を高く振り上げた。

あの剣。赤い。剣身が。たしか、もともと赤かった。それがもっと赤くなった。

まるで燃えているみたいだ。

剣が、赤々と燃えている。

「なっ……」

ハルが絶句した。マナトは声を出すこともできなかった。

「――爆轟《デトネラ》……！」

ヨリは燃える剣を地面に叩《たた》きつけたのか。わからない。ヨリの剣が地面にふれたのかどうか。その前にそれが起こったような気もする。

すさまじい音が響き渡って、マナトはひっくり返りそうになった。

「――ぅいっ!?」

一度だけ、ツノミヤでヤクザが古い建物を爆破して壊すところを見物した。野次馬に教えたもらった。爆弾というものがある。それに火をつけると爆発して、あんなことになるのだとか。ツノミヤのヤクザは建物を破壊するような爆弾を持っていた。ひょっとして、ヨリもなのか。今、爆弾を使ったのだろうか。でも、ヨリは何か叫んで剣を振り下ろしただけだ。たったそれだけで爆発するなんて。

神兵長、神兵たちがぶっ飛んだ。体の一部がちぎれ飛んだりもしているようだ。とにかく、ヨリに攻めかかろうとしていた十人以上が、軒並み爆発で遠ざけられ、すっ転んだり、倒れたり、座りこんだりしている。

「……魔法……なのか？」

ハルも中腰になっている。

「魔法じゃない」

ヨリは振り返って、眼鏡のようなものを額の上までずらした。

「六熾《ろくしき》の五熾。焔熱剣《アルヴァーン》の爆轟《デトネラ》」

「ヨリ……！」

上から声が降ってきた。

竜だ。また、竜。さっきの竜とは別の竜なのか。マナトたちの上空、といっても、そこまで高くないところを、竜が飛んでいる。

移動していない。竜は羽を上下動させて、その位置にとどまっている。人が乗っているようだ。ようだ、というか、乗っている。髪が長い。あれも女か。

「まだ終わってない！　気を抜いちゃだめ！」

「わかってる！　誰に向かって言ってるんだ、リヨのくせに――」

ヨリが怒鳴り返した。その途中で、髪の長い女が竜の背から飛び降りた。飛び降りてしまうのか。そこまで高くないといっても、オルタナの防壁より高いのに。あの高さだと、マナトでも躊躇《ちゆうちよ》するだろう。たぶん、飛び降りないと思う。

リヨ、というのが名前なのか。竜に乗っていた女は、体の前面を下に向け、両腕、両脚を広げて落ちてくる。

マナトはぞわっとして、笑ってしまった。

「やっ……」

怖い、怖い、怖い。どうするの？　あのまま地面に激突したら。どうなってしまうのだろう。怪我《けが》とかしない？　しないわけなくない？　するよね？　それも、かすり傷では絶対にすまないはずだ。

ところが、リヨは難なく着地してしまった。どうやったの、今の？　マナトの目には、リヨが着地する間際に体を丸めたように見えた。そして、ころころっと転がった。いやいやいや、無理無理無理無理。できないできないできない。タイミングよく丸まって転がっただけで、すくっと立ち上がってまるっきり平気そうとか、ありえなくない？

リヨは立ち上がったと思ったら、もう走りだしていた。

走る。

あれは、走っているのか。

歩いている感じではないし、めちゃくちゃ速いから、走っているのだろう。見たことのない走り方だ。リヨは上背がある。ハルやマナトよりも背が高い。しかも、少しじゃない。だいぶだ。でも、低い。走りだすと、リヨの頭の位置がぐっと低くなった。地べたを這《は》うような走りだ。体がものすごくやわらかいのだろう。というか、やわらかすぎないか。人間の関節は、あんなふうに曲がるものだろうか。人間の筋肉はあんな姿勢を支えられるのか。マナトだったら、前か横に倒れてしまう。

リヨは倒れない。

かなり傾いてはいる。

前傾しているだけじゃなくて、横にも。

リヨはまっすぐ走っていなかった。ぐるっと弧を描いて、ヨリに躍りかかろうとしている神兵に肉薄した。

リヨは右手と左手で、神兵の頭を挟んだのか。マナトにはそう見えた。リヨは素手じゃない。肘まで保護する頑丈そうな手袋をつけている。あの手袋、硬いのか。だとしても、あんなことになるだろうか。

ぱぁんっ——と、神兵の頭が破裂した。

頭蓋骨って、なかなか硬いはずなんだけど。

リヨはさらに、尋常じゃない大股の一歩か二歩で別の神兵に詰め寄ると、蹴った。いや、蹴った、とは言えないか。右足と左足で、やっぱり神兵の頭を挟んだ。

リヨが履いている長靴もきっと丈夫なのだろうが、とはいえまたもや、ぱぁんっ——と、神兵の頭が弾け飛んでしまったので、これはもう何か普通じゃないことが行われているとしか思えない。

そもそも、グリムガルで目覚めてから、だいたいのことは普通じゃないのだが、だからといって驚かずにいられるかというと、そういうものでもないのだ。

「リヨ！　余計な真似《まね》を……！」

ヨリが怒鳴った。でも、リヨは振り向かない。止まらない。

「――強いな。これならいけるか……？」

ハルが呟《つぶや》いて、仮面をマナトに向けた。

「マナトは下がっていろ！　おれは神官をやる！」

「あっ。うん！」

返事をしてから、下がっていたくなんてない、と思った。一方で、言うとおりにしたほうがいいような気もする。剣もないし。斬られたりもしたし。他にも傷を負っている。痛いのはまあ我慢すればいいのだが、たとえマナトがぴんぴんしていたとしても、役に立つだろうか。微妙なところだ。

ヨリは最短距離で敵に迫って、赤い剣を鋭く振る。六熾だか五熾だかは奥の手なのか、披露してくれない。相手が何だろうと、一対一なら必要ない、剣をしゅっと一振りするだけでいい、ということなのかもしれない。おそらく、リヨのおかげでもある。リヨが常に先回りして、ヨリに攻め寄せようとする敵を、両手か両足で挟んでやっつけてしまうからだ。文字どおり、リヨは先回りしている。リヨはヨリと違って、直進しない。迂回《うかい》する。軌道が曲線的なのだ。進むルートだけじゃない。両手、両足で敵を挟みこむ際、両腕、両脚を繰りだす、その動かし方まで、まっすぐじゃない。リヨは絶えず体のどこかで、あるいは全身で、大きい円、小さい円を描いている。そして、的確にヨリを援護している。ヨリはリヨのことなんかまるで眼中にないかのようだが、リヨはヨリを見て、ヨリに合わせて、ヨリを先読みして動いている。

ハルの狙いは旗付《はたつ》き槍《やり》を持った神官だ。他の敵はリヨとヨリに任せて、体中が光沢のあるもので覆われた神官に斬りかかってゆく。

マナトは剣が見つかったので拾い、茂みの中に身を潜めた。ここからならハルと神官が見える。

神官は背丈の一・五倍はある槍旗を両手で扱っていて、ハルは右手に伸びる短剣、左手に伸びない短剣を持っている。ハルが伸びる短剣で攻め立てても、神官は槍旗で巧みに受け、ときおり反撃した。神官の槍旗がハルを餌食にすることはなさそうだが、間合い、というのだろうか。二人の距離が遠い。いくらハルの短剣が伸びるとはいっても、マナトの剣より少し長くなる程度だ。もっと踏みこまないと、ハルの攻撃は神官に届かない。

いいや、ハルに踏みこませないように、ハルを近づけないように、神官のほうがうまく立ち回っているのか。

ハルが右か左に回りこもうとするそぶりを見せると、神官はすぐそっちに槍旗を差し向けて牽制《けんせい》する。見た目は奇妙を通り越して奇抜だが、手堅い相手だ。

「Lumi, Betectos, Edem'os, Tem'os desiz,――」

神官。もとは人だった。たしか人間の言葉をしゃべっていたから、マナトのような姿だったのか。ルミアリスとかいう神に帰依するまでは。ハルが言っていた。あれはもう人じゃない。人とは別物なのだと。

「Tem'os redez, Lumi eua shen qu'aix,――」

ハルの攻撃を捌《さば》きながら、神官が何か呟いている。

不意に槍旗の石突きを地面に突き立てた。

「Fraw'ou qu'betecra'jis lumi.」

「えっ……」

マナトは目を見張った。神官の頭や体はでこぼこしてこそいないが、凹凸がないわけじゃなくて、模様のようなものが確認できた。その模様が、突如として青くはっきりと浮かび上がったのだ。

ハルはおそらく、マナトのように驚いてはいない。でも、いきなり跳び下がった。警戒しているのだ。

「Lumi addecza qu'devain.」

神官がまた何か唱えた。

「――あぁっ!」

マナトは思わず叫んでしまった。

光ったのだ。神官が。とにかく眩《まぶ》しくて、マナトだけじゃなく、ハルも怯《ひる》んだ。それはそうだろう。ハルはマナトよりずっと神官の近くにいた。あの強烈な光をまともに浴びたはずだ。

「Lumi trough'es duec eskalys.」

神官がまたもや何か言って、槍旗の穂先を天高く突き上げた。今度はぴかっと光りこそしなかったが、神官が少し大きくなったように見える。あれは何なのか。神官の輪郭が、全体的に青っぽくぼやけている。

「っ……」

マナトは息をのんだ。

神官が動きだした。槍旗でハルを突こうとしている。

違う。もう突いている。一回じゃない。すごい回数だ。神官は連続で突いた。マナトは神官の槍旗が空気を震わせる音を聞いた。ハルはどうなったのか。

いない。消えた。

ハルは神官の連続突きを躱《かわ》した。

後ろだ。

神官の真後ろにいる。

どうやって移動したのか。わからない。マナトにはまったく見えなかった。

でも、神官が何をしてくるか、おそらくハルは予測していたのだ。さもなければ、滅多突きにされている。とっさの反応では追いつかない。そう考えずにはいられないほど、神官は速かった。輪郭が青っぽくぼやけているせいなのか。急激に速くなった。

ところが、ハルが神官の背後をとった、とマナトが思ったのも束の間《つかま》、気がついたらそうじゃなくなっていた。神官はいつ回れ右をしたのか。何にせよ、神官はハルと向かい合っていて、槍旗を繰りだそうとしている。

これもきっと一回じゃない。連続突きだ。

「ハル……ッ——」

「っ——」

ハルは左方向に倒れかかるようにして神官の連続突きを躱した。あの体勢から一瞬で持ち直し、次の瞬間には神官の後ろに移動している。やっぱりハルはすごい。

それでも、輪郭が青っぽくぼやけている状態の神官は、ハルの動きについていってしまう。神官がまたたく間に身をひるがえして、ハルに向き直った。神官はまたもや槍旗でハルを突くだろう。ハルはよけるしかない。

だめだ。きりがない。

マナトは茂みから飛びだそうとした。自分にも何かできないか。そう思ったのだ。何でもいい。何かしたい。

もっとも、実際に何かしたのは、マナトじゃなくてリヨだった。

リヨは地を這うように弧を描いて疾駆し、ハルに連続突きをお見舞いしようとしていた神官に、組みついたのか。リヨは横合いから神官に両腕を絡めて、身をよじった。組みついたのではなかった。リヨは神官を投げたのだ。

投げられた神官は、けれども、ぐるんっと転がってすぐさま起き上がった。

リヨは、そしてハルも、神官に追い打ちをかけなかった。

「五織《ごしき》――」

ヨリだ。

ちょうどリヨが神官を投げ飛ばしたところに、ヨリがすっ飛んでゆく。

「黒影剣《ダシュラ》、幻身《イルジオ》……！」

ヨリの赤い剣が、赤くない。

赤かったはずなのに。

黒い。黒光りしているというのでもない。黒い靄《もや》のようなものに覆われている。その黒い靄状のものがばぁっと飛び散ると、マナトは目を疑った。ヨリだ。

ヨリがいる。

もう一人のヨリが。

ヨリが二人になった。

マナトは仰天して笑ってしまったが、笑っている場合じゃない。神官はためらわずに一人のヨリを槍旗で突いた。ヨリ。ああ。ヨリが。

消え失《う》せた。

跡形もないかというと、そんなことはない。

神官の槍旗に貫かれたヨリは、黒い煙と化した。

一人のヨリが黒煙となったときには、もう一人のヨリは神官に接近していた。

それどころかヨリの赤い剣が、神官の左肩から右腰まで、斜めに斬り下ろしていた。

二つに分かたれた神官が地面に崩れ落ちると、ヨリは肩をすくめてみせた。

「こんなものか。ひいお祖母《ばあ》ちゃんが帰りたくて、帰れなかったグリムガル……」

立っているのはマナトとハル、ヨリ、リヨの四人だけだ。真っ二つにされた神官はもちろん、神兵長、神兵たちも、全員、グリムガルの地に伏している。

「まだだ……！」

ハルが叫んだ。声を発しただけじゃない。飛びかかった。ヨリの足許《あしもと》で何かがうごめいている。何かも何も、神官だ。神官はヨリの脚に向かって右手を伸ばそうとしていた。右腕しか動かせないからだ。ヨリに両断されたせいで。そんな状態でも、神官はヨリに摑《つか》みかかろうとしていた。そうはさせまいとハルは神官に躍りかかって、うつ伏せにすると、神官の首筋に短剣を突き入れた。あれは伸びないほうの短剣だ。

「神官だと、六芒光核《ろくぼうこうかく》が三つはある……！」

ハルは何をしているのか。ただめったやたらに刺しまくっているわけじゃない。両膝で神官を押さえつけ、まるで獲物をナイフで捌くときのように、切り開いている。骨から肉を切り離そうとしているのか。

「六芒……光核？」

ヨリが呆然《ぼうぜん》と呟いた。

リヨはヨリの隣で、あちこちに目を配っている。

「二つ、壊した。最後の一つ――」

ハルは神官の頭の中に左手を突っこんで、何かを取りだした。ずいぶん小さな物体だ。

マナトも駆け寄って、まじまじとそれを眺めた。

ハルが左手の人差し指と親指でつまんでいるそれは、小指の爪よりもたぶん小さい。無色透明で、丸く、その内部に光が宿っている。単なる光じゃない。よく見ると、その光には突起が六つある。あの形だ。神官の旗に描かれていた。

「六芒光核。これがルミアリスに帰依する者たちの力の源だ」

ハルは立ち上がって、その六芒光核とやらをぎゅっと握り締めた。かなり力を入れている。でも、手を開いてみせると、瑕《きず》一つない。手袋を嵌《は》めたハルの左掌の上で、それはまだ光を放っている。

「六芒光核がある限り、帰依者たちの肉体は修復される。昔、試してみたことがあるんだが、六芒光核が埋めこまれた背骨の一部から、だいたい丸二日で五体が揃《そろ》った状態まで再生した」

「ヨリ」

リヨがヨリの背中をそっとさわった。ヨリはうるさそうにリヨの手をはねのけた。

「何？」

「死んでない」

「は？　死んでないって――」

ヨリは自分の目で確かめるよりも先に顔をしかめ、舌打ちをした。

さっきまで倒れ伏していた神兵長や神兵たちが、身を起こそうとしている。体が損傷していて起き上がれない者は、這《は》い進んでいる。

「ぜんぶ始末するのは骨だが……」

ハルは仮面の奥で一つため息をついた。

「増援はなさそうだし、やっておいたほうがよさそうだ。ヨリとリヨだったか。きみたちが手伝う必要はない。ただ、怪我人《けがにん》がいるから、すまないが看《み》てやってくれないか」

「怪我人？」

マナトは自分を指さした。

「あぁ。大丈夫だけど」

「大丈夫なわけがないだろう。背中を斬られている。だいぶ出血しているようだし、かすり傷じゃない」

「血は出てるかな？　痛いことは痛いけど、このくらい、ほっとけば治るよ」

「強がるな。ちゃんと手当てしないと、命に関わるかもしれない」

「や、平気だって。ほんとに。何だっけな。ジュンツァが言ってたんだけど。体質？　丈夫なんだよね。怪我とか、すぐ治っちゃうし。生まれつき？　なのかな」

「ぁ──」

　後ろに誰かいて、その何者かが小さな声をもらした。

「え？」

　マナトは首だけ振り向かせた。リヨだった。屈《かが》んでマナトの背中に顔を近づけている。いつ移動したのか、マナトにはまったくわからない。ハルやヨリは身軽で素早いが、リヨは俊敏なだけじゃなくて、身のこなしが独特だ。何かこう、ぬるっとしている。

　リヨもヨリのような眼鏡をかけていた。それを顎の下にずらした。

　髪の毛がずいぶん長いのに、前髪だけは短く切られている。目に入らないように、だろうか。それしても短すぎる。

「ふさがってきてる……」

　リヨはそう言うと、上目遣いでマナトを見上げた。リヨが屈んでいなかったら、マナトは見下ろされているだろう。本当に背が高い人だ。でも、頭は小さい。

「なぜ？」

「……なぜ？　傷のこと？」

「そう」

　声もだいぶ小さい。戦っている最中はそうでもなかったが、ふだんのリヨはこういうふうに話すのだろう。無理に音を出そうとしないで、そっと息を吐きだすついでに、声を発する。そんな発声の仕方だ。

「なんでかは、わからないけど。父さんと母さんは、こんなじゃなかったし。ジュンツァとかも。あ、ジュンツァっていうのは仲間ね。ここにはいないけど。グリムガルには一人で来たっぽくて。よくわかってないんだけど」

　リヨは眉をひそめた。

「……情報を整理する必要が」

「その前に、あいつら！」

　ヨリが赤い剣の切っ先で神兵長やら神兵やらを指し示した。

「片づけないと、でしょ！　その子の怪我がなんともなさそうなら、やるよ、リヨ！」

「はい」

リヨは屈めていた体をすっと起こした。案の定、マナトより頭一つ分まではいかないとしても、それに近いくらい上背がある。

「やり方教えて！」

ヨリに急《せ》かされて、ハルが少し慌てたように近くの神兵めがけて走っていった。

「あ、ああ、六芒光核の位置はおおよそ決まってて――」

「ていうかあなた、どうして仮面なんかつけてるの？　怪しいんだけど」

「……そうか。すまない、ええと……」

「今はいい。そのへんはやることやってから」

「そうだな、うん、で、六芒光核は、脳の一番奥というか中央というか、視床と呼ばれる部位に――」

「脳？　頭の中？　それで首を刎《は》ねるだけじゃだめなんだ。神官は三つとか、さっき言ってなかった？」

「脊柱沿いに増殖するらしい。二つ目は、延髄あたりで」

「増えると、見た目が変わる？」

「ああ、そうだ。二つ目の六芒光核は、帰依者に受体《じゅたい》をもたらすみたいで――」

「この頭を覆ってるやつが、その受体？」

「のみこみが早くて助かる……」

「六芒光核二つで頭部が受体で覆われて、三つで全身に及ぶってことか。なるほど。リヨ、聞いてる？　覚えた？」

「はい」

「どんどんやっちゃおう。そこの！」

ヨリが赤い剣で神兵の頭を叩《たた》き割るなり、マナトのほうに目を向けた。

「動けるなら、きみも手を貸して。危なそうなやつを見つけて、教えてくれるだけでいいから」

「無理はするな、マナト」

ハルはそう言ってくれたけれど、ヨリに指示されたことくらいなら、マナトにもできる。傷はそのうち治るとしても、まだ時間がかかるだろうし、それまで痛みは消えない。ただじっと我慢しているのも退屈だ。ふさがりつつある傷が開いてしまうほど激しく動かなければ、おそらく問題ない。

「わかった！」

マナトはさっそく目を皿にして、すぐにも起き上がってきそうな神兵を探しはじめた。

「……マナト？」

ヨリが呟《つぶや》いた。

マナトはヨリのほうを見ずにうなずいた。

「うん。何？」

「マナト……」

ヨリは低い声で繰り返した。べつにマナトを呼んでいるわけじゃないようだ。

「たしか、ひいお祖母ちゃんの話に出てきたような……マナト……」

5. 僕たちは何を忘れてしまったのだろう

「――天竜山脈を越えてきた？　その竜に乗って？　本土では竜を飼い馴《な》らしてるのか。そんなことができるとは……」

仮面のせいで、ハルの表情はうかがい知れない。でも、かなりびっくりしていて、動揺してさえいるみたいだ。

長身のリヨは、羽を畳んだ竜の首を撫《な》でたり、胸のあたりをさすったり、いやがるでもなく顔を舐《な》めさせたりして、まめまめしく世話している。ヨリも自分の竜にかまっているけれど、リヨと違ってハルと話しながらだ。

「飼い馴らしてるって言っても、見習い五人のうち三人は竜に殺されちゃうし、そう簡単じゃないよ。あと、竜は育ての親の言うことしか聞かないから、乗りたいならヨリたちみたいに、卵から面倒見ないといけない。ああっ。ちょっ、キャランビット、耳はくすぐったいって、こら、もお、ふふっ……」

それにしても、ヨリにせよ、リヨにせよ、あの生き物に、あんなふうにべろべろ舐めまくられ、甘噛《あまが》みなのだろうがときどき噛まれたりもして、よく平気でいられるものだ。竜の口は人間の頭を丸のみできそうなくらい大きくて、びっしりと生えた歯は鋭く尖《とが》っているのに。あの歯の感じ。絶対、肉食だ。慣れっこになっていて、怖くないのか。竜がちょっと加減を間違えただけで、大変なことになりそうだし、普通に怖いと思うんだけど。どう考えても怖い。マナトは背中がぞくぞくした。怖すぎて、笑える。

本当は、ヨリとリヨの竜に近づきたくてたまらない。ただ、ハンターの勘で、マナトが近寄ったら竜は怒ると確信している。そうなったら、マナト自身はともかく、ヨリとリヨがとばっちりを食いそうだ。それはまずいので、マナトはぐっとこらえている。かなり撫でてみたいけど。

すぐそこに、古びた塔にしか見えない方舟《はこぶね》が立っている。ルミアリスの帰依者をしっかり始末したあと、マナトたちはオルタナを離れてこの丘に上った。ヨリが竜と一度顔を合わせておきたいというから、呼んでもらったのだ。どうやって呼ぶのかと思ったら、ヨリとリヨが竜笛という丸っこい石製の笛を吹くと、二頭、いや、羽があって飛べるから二羽か、でも大きいからやっぱり二頭の竜が、天竜山脈のほうから飛んできた。

竜笛の高く澄んだ音はさして大きくなかったが、見晴らしのいい場所ならそうとう遠くまで届くらしい。そして、ある種の竜にだけよく聞こえるのだとか。マナトには聞き分けられなかったけれど、竜飼いそれぞれに固有の吹き方があって、誰が吹いているのか、竜にはわかるのだという。

「心が通ってさえいれば、翼竜はかわいいし、頼れる相棒だよ。あたりまえの愛情を注いでれば、そんなに手も掛からない。ご飯だって自分でどうにかするしね。ちなみに、血の匂いがするから、山で何か食べてきたみたい。天竜山脈越えで無理させちゃったし、おなかが空《す》いてたんだ。かえって呼ばないほうがよかった？　そんなことないか。ヨリに会いたかっただろ？　ヨリもだよ、キャランビット。会いたかった。よーしよしよし」

「あぁーっ……！」

マナトはつい頭を抱えて叫んでしまった。二頭の翼竜がこっちを見て、ピリッとした空気が流れた。

「何？　突然」

すかさずヨリが自分の翼竜の首を抱えこんだ。翼竜は目を細めてヨリの頰を舐めた。

「……いや、ごめん。さわってみたくて。だめだよね。わかってる」

「そのとおりだよ。許さない」

「だよね。食べられちゃいそうだし」

「キャランビットを怒らせたら、食べられてもおかしくないね。ヨリでも止められない。というか、止めないし。ところで、怪我《けが》の具合はどうなの、マナト？」

「怪我？」

マナトは両腕を上げて体をひねったり、軽く跳んで着地してみたりした。

「うん。もう平気。痛くないし。ふさがったっぽい」

「……呆《あき》れた自然治癒力だな。きみ、本当に人間？」

「人間だと思うけど。ううん……でも、父さんとか母さん、ジュンツァたちとは、ちょっと違うのかな？　みんな、怪我したらなかなか治らなかったし。治らなくて、そのまま死んだ仲間もいるしな」

「死んだ……仲間が？」

「けっこう死んじゃったね。結局、生き残ったのは、自分入れて四人かな？　もっといたんだけど。あ、これ、ニホンの話ね。グリムガルじゃなくて」

「……ニホン？　グリムガルじゃない？　もしかして――きみもひいお祖母《ばあ》ちゃんと同じなの？」

「ひいお祖母ちゃん？　リヨの？　あ、リヨとヨリって呼んでいい？」

「かまわないけど。ヨリはヨリで、リヨもリヨだし。ひいお祖母ちゃんがつけてくれた名前なんだ」

「へえ。ひいお祖母ちゃんか。お祖母ちゃんっていうのは、母さんの母さんだよね。見たことはないけど、聞いたことはある」

「ひいお祖母ちゃんは、お祖母ちゃんのお母さん」

「めっちゃお母さんだ！」

「……めっちゃお母さん？　まあ……いや、何だよそれ」

「お母さんのお母さんのお母さんだから、めっちゃお母さん？」

「……とにかく、ヨリやリヨの母親がリンカで、リンカの父親がルオン。ルオンはヨリやリヨにとってお祖父《じい》ちゃんにあたる」

マナトは腕組みをした。

「お祖父ちゃん……」

「ルオン……」

そう呟いたのはハルだった。

「ルオンの母親が、ヨリたちのひいお祖母ちゃんで――」

続けようとしたヨリを、ハルが遮った。

「待て。……ちょっと――待ってくれ。ルオン……ルオンだって？　その、母親……？」

「ルオンはお祖父ちゃんだけど。会ったことはないよ。ずいぶん前に亡くなったから」

「三十八年以上前」

リヨがぽつりと言って、翼竜の背を押した。

「ウーシャスカ。またあとで」

リヨに声をかけられた翼竜ウーシャスカは、クィィ、と一鳴きすると、翼を羽ばたかせながら丘の斜面を駆け下りていった。翼竜はああやって飛び立つのか。ウーシャスカの助走はそれほど長くなかった。翼の力が強い。脚力もすごい。ウーシャスカは間もなく地面を離れて浮き上がり、みるみるうちに高度を上げていった。

「祖父ルオンが亡くなったのは、ヨリが生まれる二十年近く前の、アラバキア王国暦七二四年二月二十三日。ヨリは七四四年四月三日生まれで、わたしはその翌年、七四五年十月三日に生まれた」

「おぉう……数字が……」

頭がこんがらかる。マナトはすぐに考えるのをやめた。

「行け、キャランビット」

ヨリも翼竜を押しだした。キャランビットは一瞬、抵抗したが、ヨリがしょうがないなぁというふうにひとしきり頬ずりしてやると、納得したようだ。キャランビットも丘を下って飛び立った。

ハルは左手で仮面を覆うように押さえて、少し前屈《まえかが》みになっている。

「オルタナ、だよね」

ヨリは廃墟《はいきょ》に目をやった。

「ひいお祖母ちゃんは、オルタナにまだアラバキア王国の辺境伯がいたころ、仲間たちと一緒にこのグリムガルで目を覚まして、義勇兵になった。そのときの話をよく聞かせてくれた」

「赤の大陸に渡ってからの話も」

リヨは方舟を見上げている。

「一族とカンパニーが天竜山脈の南に進出して、連合王国を建国するまで。その後の話も、たくさん聞いた」

「リヨ。すぐそうやって話の腰を折る」

「ごめんなさい」

リヨはうつむいた。無表情で、声音は平板だったが、へこんでいるのかもしれない。

「……教えてくれないか」

ハルは仮面から手を離さずに、呻《うめ》くように言った。

「きみたちの、ひいお祖母ちゃんの名を。ひょっとしたら、おれの——知っている人かもしれない」

ヨリはハルに向き直った。

「ひいお祖母ちゃんは」

「一族の生き字引で、みんなからは、大婆様《おおばばさま》とか、太母様《たいぼさま》、グレートマザー、ゴッドマムなんて呼ばれてた。ヨリがひいお祖母ちゃんって呼べるのは、誰よりも大切で、偉大で、大好きで、心から愛さずにはいられないあの人の血を、間違いなく引いてるから。ひいお祖母ちゃんは、一族に子供が生まれると、決まって自分で名前をつけた。ひいお祖母ちゃんに名づけられた者は特別なの」

「……ヨリ。その名に……覚えがある。今、思いだした……」

ハルは仮面で顔を隠しているから、視線の行方がわからない。でも、ハルは下を向いている。ヨリの顔をまともに見られないようだ。

「おれの、仲間が……友だちが、言ってたんだ。生まれてくる子が女だったら、ヨリにするつもりだった、と。でも、男だった」

「ヨリはね。一族で二人目のヨリ。一人目のヨリは、ルオンの娘。最初の娘。幼くして亡くなってしまった。その子と同じ名前を、ひいお祖母ちゃんはヨリにつけてくれた。ひいお祖父ちゃんと一緒に考えた大事な名前を、ヨリにくれたの」

「……馬鹿な。……そんな。……嘘《うそ》だ。……いや。……きみが――ヨリ、きみが嘘をついてるなんて思ってない……そうじゃないが、ただ……あれからもうすぐ百年だ。百年も経《た》ったんだ。……ありえない。その名を、ふたたび耳にするなんて。……何だって？　きみに、名前を？　きみは七四四年生まれ……今年、十八歳か」

「ひいお祖母ちゃんは、自分の年齢がわからなかった。グリムガルで目覚めたとき、名前しか思いだせなかったから。でも、すごく年をとっていた。とても長生きで、元気だった。ヨリを膝の上にのせて、お話ししてくれた。たまに、リヨも一緒に、二人でね。あのときはまだ、リヨは小さかったし」

「……いつだ？　彼女は……いつ？」

「五年半くらい前かな」

「アラバキア王国暦七五六年十二月二十四日」

リヨが低い声で、でも、よどみなく言った。

「ひいお祖母ちゃんが息を引き取った日。一生、忘れない。忘れられない日」

「五年……？」

ハルはがくっと地べたに膝をついた。

「……たった五年半前……」

うなだれて、力なく首を振る。

「最近じゃないか……そんな……生きてた……少し前まで……おれは……とうてい、そんなこと……あるはずが……あぁ……おれは、何をやって……こんなところで、ずっと……おれは、なんで……」

マナトはハルに歩み寄って、隣にしゃがんだ。何かしてあげたいのだが、どうすればいいのかわからない。とりあえず、笑うのは違うと思う。少なくとも、ハルは笑える気分じゃないだろう。

困った。

マナトも笑えない。

「ユメ……」

ハルが呟《つぶや》いた。よじれた喉から絞りだしたような、ひどく歪《いびつ》な声だった。

「ユメは……生きてた。生きていてくれたんだ。あの子を――ルオンを守って……グリムガルを脱出した。あぁ……ルオンに、子供が……ルオンの孫たちが、グリムガルに……それなのに、おれは……何をやってた？　何か、できたはずなのに……そうだ……できたんだ。何もできなかったはずがない……」

マナトはちょっと迷ったが、ハルの背中をそっとさわった。

「ハル、大丈夫？」

「……ああ」

ハルは返事こそしたものの、微動だにしなかった。

「おれは、大丈夫だ。大丈夫じゃないなんて、言えない」

「ね」

ヨリがハルの正面に回りこんだ。ヨリはしゃがまなかった。身を屈めもせずに、ハルを見下ろした。

「ヨリたちは名乗って、身の上を明かした。次はあなたの番だよ。あなたは誰？　ハルっていうのがあなたの名前らしいけど、ひいお祖母ちゃんがハルくんって呼んでた人がいることは知ってる。仲間で、友だちで、お兄ちゃんみたいな人だって言ってた。ひいお祖父ちゃんは別格だけど、ひいお祖母ちゃんはハルくんのことを心から信頼してた。何回も、数えきれないほど、ハルくんに助けてもらったって。でも――」

ヨリは一つ息をついた。

「ハルくんは、ひいお祖母ちゃんと同じ日にグリムガルで目を覚まして、だいたい同年輩だった。エルフでもドワーフでもない、人間だから、こんな言い方はしたくないけど、生きてるわけない。亡くなるまでハルくんに会いたがってたひいお祖母ちゃんも、たぶん本当はあきらめてたと思う」

「ハルくんは、ひいお祖母ちゃんなりの呼び方」

リヨが淡々と言った。

「本名は、ハルヒロ」

「ああ……」

ハルはようやく顔を上げた。

「おれがそのハルヒロだ。たしかに、きみの言うとおり、本来ならとうに死んでいる。おれは死に損ないだ。生き恥をさらしていると言ってもいいだろう」

「顔を隠してるのは？」

「ただの仮面じゃない」

ハルは顔全体と、耳まで覆っている仮面の縁に手をあてた。

「機能がある」

「遺物《レリツク》？」

「そうだ」

「便利だから？　それだけ？」

「ひとに見せられるようなものじゃない……いや、違うな。何十年も、おれは一人だった。見られたくなかったんじゃない。とにかく隠したかったんだろう」

「ひいお祖母《ばあ》ちゃんは、どんなに皺《しわ》だらけでも隠したりしなかった。いつだって、誰よりも堂々としてた」

「ユメに会いたかった。……会える可能性はあったんだ。会えたなら、会わなきゃいけなかった。……あのことだけは、おれの口から直接、ユメに話すべきだった――」

ハルは仮面を外した。というよりも、仮面がひとりでに外れて、それをハルの手が受け止めたという感じの外れ方だった。

ヨリは眉をひそめて、くっと奥歯を噛《か》みしめた。リヨも離れたところからハルの素顔を見ていた。表情を変えることはなかったが、リヨは二度、三度とまばたきをした。

マナトはまじまじとハルの横顔を見つめた。

人間が百歳を超えたらどうなるのか。マナトには想像もつかない。マナトの両親はたぶん、三十歳にもならずに死んだ。二人とも皺と染みだらけで、歯がほとんど残っていなかったから、お互いずいぶん小さくなったと言い合って、よく笑っていた。年をとると、人はまず大きくなって、あとは小さく萎《しお》れてゆく。縮むだけ縮んだら、生きてゆけなくなって死んでしまうのだ。マナト自身もだいぶ大きくなったから、あとはだんだんと小さくなってゆくのだろう。しょうがないというか、そういうものだとマナトは思っていた。

ハルの顔は小さくなっていなかった。皺らしい皺は見あたらない。それほど意外でもなかった。ハルは腰が曲がっているわけでも、足を引きずっているわけでもない。人一倍機敏だ。顔だけしわしわで小さくなっていたら、かえっておかしい。

白い。

ひたすら白い肌だ。

色の黒い人もいれば、白い人もいる。ジュンツァとアムはわりと地黒で、ネイカとマナトは白いほうだった。ヨリとリヨも白い。でも、ハルの白さは違う。

透きとおっているわけじゃないが、ハルの肌には色らしい色がない。そして、網目状に青っぽい筋が浮き上がっている。血管だろうか。唇はいくらか黒ずんでいて、白目は白いというか、青白い。瞳は薄い黄色だ。

「おれは他の生き物たちのように老化することがない。怖がらせたくないが、正確には、おれの中にいるものが、そういう存在だからだ。おれはハルヒロであって、ハルヒロじゃない。おれは生きているんじゃない。生かされている」

「不死の王《ノーライフキング》と、何か関わりが？」

ヨリが訊《き》いた。

ハルはしばらく答えなかった。口を開くまで、時間がかかった。

「ない、とは言えない。だが、不死の王《ノーライフキング》とは違うものだ。……そうか。きみたちはユメから何もかも聞いているんだったな。だとしたら、不死の王《ノーライフキング》が――その器が、おれたちの仲間だった人だということも、知っているのか」

「そうだね。ひいお祖母ちゃんが把握していたことは、ヨリもだいたいわかってると思ってくれていいよ。あやふやなところもあるって、ひいお祖母ちゃんは言ってたけど、ヨリたちに話すうちに思いだしたり、勘違いしてたことに気づいたりもしてた」

「ユメは……ルオンを連れてグリムガルを脱出しても、忘れはしなかったんだな」

「ずっと帰りたがってた」

「『グリムガルにはなあ』」

唐突にリヨが口を挟んだ。それがリヨ本人の言葉遣いじゃないことは明らかだった。ただし、抑揚はリヨのそれで、不釣り合いに感じるほど起伏がなかった。

「『忘れ物があるねやんかあ。それをなあ、とりにいかないといけないねん。いつか、ひいお祖母ちゃんの代わりに、とりにいってくれるかあ』」

ハルは天を仰いだ。

「ユメ……」

「えっ――」

ヨリが血相を変えてリヨに向き直った。

「ちょ、えっ、なんで!? それって、ひいお祖母ちゃんがヨリと二人きりのときに言ってくれたことだよ!? しかも、けっこう同じ話を繰り返す人だったのに、その言葉はたった一回だけ！」

「わたしも、ひいお祖母ちゃんと二人のとき、一度だけ」

リヨは斜め下に目を落とした。

「今まで秘密にしていた。ごめんなさい」

「……リヨが謝るのは違うでしょ。ひいお祖母ちゃん！ そういうとこ、ある！ 根がド天然なんだもん！ そこがまたかわいいんだけど！」

「つまり、きみたちは――」

ハルは黄色い目でヨリとリヨを順々に見た。

「ユメの遺志を継いで、グリムガルに？ ユメが言っていた、忘れ物とは……いったい何なんだ？」

ヨリとリヨが一瞬、顔を見合わせた。この姉妹は背の高さといい、性格といい、かなり違っているけれど、やっぱりどこか似通っている。

「そこが問題っていえば、問題なんだけど」

ヨリは軽く肩をすくめた。

「ひいお祖母ちゃんは、グリムガルに帰ったらあれがしたいとか、これがしたいとか、具体的なことは言わなかった。おそらく、ヨリに——ヨリたちに、枷《かせ》を嵌《は》めるようなことはしたくなかったんじゃないかと思う。本当なら、自分の代わりに忘れ物をとりにいって欲しいなんて、言うつもりなかったんじゃないかな。それなのに、言っちゃった。言わずにはいられなかったんだよ」

「……そうか。ユメなら……きっとそうだろうな。おれはきみたちほど、ユメのことを知っているわけじゃないが。おれたちと一緒にいたあのころよりも遥《はる》かに長い時間を、ユメは、ルオンや、きみたち——家族や仲間たちと、ともに過ごしたんだ……」

「でも、ひいお祖母ちゃんにとって、グリムガルは特別な場所だったんだよ」

　ヨリはあたりを見回して、深く息を吸いこみ、吐きだした。

「ひいお祖母ちゃんの人生は、ここから始まった。だって、一番最初の記憶が、グリムガルで目覚めた日のことなんだから。ここで大好きな人たちと出会って、離ればなれになった。失ってしまった人もいる。だけど、かけがえのないものも、たくさん手に入れた。何より、ひいお祖父《じい》ちゃんと出会った。そのおかげで今、ヨリたちがいる。ここに。グリムガルに。帰ってきたよ、ひいお祖母ちゃん。忘れ物が何なのか、まだわからないけど、ヨリが見つける。ヨリが見つけだして、これに違いないと確信したものなら、それがひいお祖母ちゃんの忘れ物。ひいお祖母ちゃんなら、必ずそう思ってくれる」

ハルはうつむいた。それから、マナトの肩に手を置いて小声で言った。

「ありがとう、マナト。助かった。もう平気だ。本当に」

マナトはうなずいて、ハルの背中に添えていた手を引っこめた。

どうやら、ハルはずいぶん長い間、とんでもなく重い物を背負っていたようだ。そして、まだ肩の荷が下りたわけじゃない。ハルはその重みに押し潰されまいとして、なんとかあらがっている。

「ヨリ。リヨ。もう一つ、話しておかないといけないことがある――」

ハルは仮面を地面に置いた。

「ユメが産んだ、ルオンの父親……きみたちの曽祖父にあたる、ランタの命を奪ったのは、おれだ。おれがこの手で、ランタを殺した」

「――ん……?」

マナトは首をひねった。

ヨリとリヨの母親がリンカで、その父親がルオン。

ルオンの父親が、ランタ。

そのランタを、ハルが殺した。

ランタはヨリとリヨの曽祖父で、ユメは曽祖母だ。マナトの両親のような関係、ということだろう。たしか、夫婦だか何だか。夫婦が愛しあうと、子供が生まれるとか何とか。

ようは、繁殖期の動物が交尾して雌が妊娠するのと同じだ。両親が交尾すると、その結果、子が生まれる。愛しあう、というのは、言葉として知っているだけで、マナトにはちょっとよくわからないが、交尾の言い換えなのかもしれない。もしくは、交尾するような間柄で、仲がいい、ということなのか。マナトの両親はとても仲よしだった。

ハルとユメは仲間だったらしい。

ユメとランタは夫婦だった。

ハルがそのランタを殺してしまった。

ヨリとリヨは押し黙っている。驚いているというよりも、理解しかねていて、どうにも受け容《い》れられないようだ。マナトも同じだった。

「ええ、と……だから、ハルとランタは——敵同士？　だったの？　あれ……？」

「いや」

ハルはマナトのほうを見ないで、かすかに首を横に振った。

「ランタも、ユメやおれと同じ日にグリムガルで目覚めた。あいつとは色々あったが、仲間だった」

「なのに、殺しちゃった？」

「殺してしまったんじゃない。おれはランタを殺すつもりで、殺したんだ」

「なんで？」

「……理由は、ある。でも、その件について、言い訳はしたくない。おれがランタを殺した。これは、動かしがたい事実だ」

ヨリが短くもそう長くもない髪の毛をかき分けて何か言いかけたが、声にならない小さな音がこぼれただけだった。

「ハルくんさん」

リヨがヨリの前に進みでてきた。ハルもろとも、自然とマナトもリヨに見下ろされる恰《かっ》好《こう》になった。

「わたしと果たし合いをしてください。お願いします」

「……は——たしあい？」

ハルは一度、目を閉じて、すぐに開けた。

「きみは、何を言っている？　というか、ハルくん、さん……さん、はいらない」

「あなたをハルくんとは呼べません」

「……そうか。いや、どう呼んでくれてもかまわないんだが……おれからきみに何か要求できる筋合いじゃ……何？　果たし合い？　きみと……決闘しろと言っているのか？」

「はい。わたしはそう言いました。ハルさん」

「どうして、おれがきみと……ああ、仇討《かたきう》ちか。もちろん、きみにはその権利がある。ただ、それは——」

「仇討ちではないです。わたしと果たし合いをしてください」

「おれは……しかし……」

ハルはリヨの顔から視線をそらして、何かを探した。もしかすると、ハルはヨリの表情をうかがおうとしたのかもしれない。けれども、ヨリはリヨの後ろにいる。リヨがヨリの姿をほぼ完全に覆い隠してしまっている。

「ハルさん。わたしと果たし合いをしてください」

リヨは何回、同じことを、同じ口調で言うつもりだろう。

マナトが思うに、ハルが首を縦に振るまで、リヨは繰り返すのではないか。

「わかった」

ハルはうなずいた。一度じゃない。顎を震わせるように、三度、うなずいた。

「きみが望むなら、拒むことはできない。果たし合いをしよう」

6. 人ならざるもの

なんだか妙というか、不思議な成り行きだ。

ハルとリヨは方舟《はこぶね》の前で果たし合いの準備をしている。

といっても、ハルは仮面をつけ直しただけだ。

リヨは厚手のコートを着て、マフラーをつけていた。少し動きづらかったのか、単に暑かったのか、どちらも脱いだ。眼鏡も外して、リヨはものすごくぴったりした革か何かのツナギ姿になった。両手には肘までを覆う頑丈そうな手袋をつけている。履いている長靴もところどころ硬そうだ。

リヨは長くてまっすぐな髪の毛を紐《ひも》でくくると、ゆっくりと首を回した。

ハルに曽祖父を殺されたので、リヨがそのお返しをしたいというのなら、マナトとしても理解できなくはない。でも、そういうわけじゃないという。

「マナト」

ヨリに声をかけられた。

「うん。何?」

マナトは隣を見た。ヨリはマナトと横並びになって、地べたにあぐらをかいている。手袋やマフラーこそ外しているが、コートは脱いでいない。前をはだけている。

「ほんとにもう平気なの？」

「何が？」

「怪我《けが》」

「誰の？」

「きみだってば」

「あぁ」

マナトは両腕を上げ、頭上で両手を組み合わせて、伸びをした。そのまま体を左右に揺すってみたが、なんともない。

「ぜんぜん痛くないから、治ったんじゃない？」

「見てもいい？」

「いいよ」

マナトは身をよじって、怪我をしたはずの背中をヨリのほうに向けた。

「……服は裂けてるし、血で汚れてるけど、傷痕っていうほどの傷痕は見あたらない。どうなってるの、マナトの体？」

「ええ。どうって言われても、ずっとこうだし。そういえば、ヨリも歯って抜けたら生えてこない？」

「乳歯が抜けたあとに生える永久歯はね」

「永久歯？　大人の歯？」

「うん」

「前に、大人の歯が抜けちゃって、生えたことある。なんか、いるらしいよ。たまに、そういうやつ」

「昔、ルミアリスを信じる神官は、傷を癒やす魔法を使えたらしいけど」

「魔法？　とかではないんじゃない？　わかんないけど。とくに何もしてないし」

「ほっとけば治っちゃうんだ。うらやましい」

「でも、頭とか割れたら、死ぬと思うよ。死ぬ……かな？　頭は割れたことないからなぁ。一回、割ってみたらいいのかな」

「頭割って、死んじゃったらどうするの。やめときなよ」

「それもそうか」

マナトが笑うと、つられたのか、ヨリも少しだけ笑った。

自分から笑っておいて何だけれど、リヨがハルと果たし合いをしようとしているのに、ヨリはとくに心配していないみたいだ。くつろいでいるようにさえ見える。

「ハルとリヨ、どっちが勝ちそう？」

「わからない」

ヨリはあっさり即答した。

「ハルヒロには百年以上の経験があるわけだからね。普通に年をとって衰えてるわけでもなさそうだし。かなり強いはず。リヨも弱くはないけど、どうかな」

「ヨリだったら、ハルに勝てる？」

「やってみないとわからない」

「リヨはなんでハルと戦うの？」

「それは、見てればきっとわかる」

　ヨリは右膝を立てて両腕で抱えこむと、リヨのほうに目をやった。

「リヨは、ヨリと違って器用じゃないんだ。ちっちゃいころはヨリの言いなりだったけどね。もう子供じゃないし、あの子はあの子のやり方で納得するしかない。意地っ張りなんだよ。ヨリも頑固だけどね。そこはひいお祖母《ばあ》ちゃんの血かな。ひいお祖父《じい》ちゃんも、そうとう我が強い人だったらしいけど――」

「言っておくが」

　ハルが二本の短剣を抜いた。右手には伸びる短剣、左手に持っているのは伸びないほうの短剣だ。

「おれは武術のたぐいを学んだことがない。身につけているのは、生き物を傷つけ、殺すための技術だけだ」

「わたしはエミ＝ブブル師からオドラッドを習いました」

　リヨは胸の前で左右の手を合わせた。正確には、人差し指の先と人差し指の先、中指の先と中指の先という具合に、指同士をふれあわせて、掌と掌はくっついていない。リヨは少しだけ足を開いて立っている。膝は伸びているようにも見えるが、わずかに曲げているようだ。

「オドラッドは、抵抗する者、という意味。赤の大陸の奴隷解放者、オドラッドが編みだしたと言われている。でも、オドラッドが実在した証拠は残っていない。一説によると、何人もの奴隷解放者に関する言い伝えをもとに、吟遊詩人や講談師たちがオドラッドという人物を形づくった。オドラッドではブラカ、ジャビといった投擲《とうてき》する刀剣の他、クドゥスと呼ばれる装甲手袋と、ハドゥマという装甲長靴を武器として用います。この果たし合いで、わたしはブラカやジャビを使わない。クドゥスとハドゥマは装着ずみです」

「……丁寧に教えてくれて、どうも」

「どういたしまして。そろそろ始めませんか、ハルさん」

「本当にやる気なんだな」

「もちろんわたしは本当にやる気です」

「わかった。いつでも始めていい」

　ハルがそう言った途端、リヨの長身がゆらりと傾いた。リヨはすでに走りだしている。やはり、まっすぐじゃない。リヨは弧を描いてハルに迫った。

ハルは伸びる短剣を繰りだした。リヨはそれをクドゥスだか何だかという手袋で弾《はじ》いたのか。それとも、よけたのだろうか。二人がぶつかりそうなほど接近した。次の瞬間には離れている。

リヨの動きは絶えず流れている。その流れは一瞬も止まらない。速まったり遅くなったり、刻々と変化する。マナトは呟《つぶや》いた。

「にゅにゅっにゅにゅににゅにゅーにゅーにににゅにゅっにゅーみたいな……」

「リヨのこと？」

「うん」

「ハルヒロは、シュッ、シュシュシュッ、パパンッ、パパッ、シュッ、シュシュッ、みたいな感じだね」

「おぉ。そんな感じする！」

「リヨって、相手にするとやりづらいよ」

「ヨリはリヨと戦ったことあるの？」

「リヨとはないけど、オドラッド使いとは何回かやった。強いっていうか、気持ち悪いんだよね。オドラッドは独特の打撃だけじゃなくて、投げもあるし。ぜんぶの技が攻めに繋《つな》がってて、捨て身で十人殺して死ぬっていう戦い方。徒手空拳でね。ああやってクドゥスとハドゥマで手足を保護してると、捨て身抜きの単なる十人殺し」

たしかに、リヨが攻めに攻めて攻めまくっている。ハルは下がったり、横に移動したりで、ほとんど前に出ることがない。

「でも――」

ヨリは唇をひん曲げて、顔をしかめた。

「ハルヒロは本気じゃないね。生き物を傷つけて殺すための技術って？　あれがそうだとしたら、幻滅なんだけど」

なんだかヨリが怒っているような気がして、マナトはちょっと笑ってしまった。

「……何？」

ヨリに睨《にら》まれた。

「や、だって、ハルにリヨが殺されちゃったら、ヨリはいやでしょ？」

「いやっていうか……」

「いやじゃない？」

「それはまあ。妹だし」

「ハルがリヨを殺すと思う？」

「……思わない」

「じゃ、ハルは本気を出さないんじゃない？」

「ハルヒロは果たし合いを受けたんだよ」

「なんで受けたんだろうね？　ヨリとリヨは、ハルの大事な仲間だった人の、孫……じゃないや、ひ孫なんでしょ。ハルはそういう人を殺したりしないと思うな。あれ？　だけど、ハルは仲間だったランタを殺したんだっけ。変なの」

「事情があったんでしょ。どうしてもそうしなきゃいけなかった」

「だよね。え？　ヨリは何か知ってるの？」

「知らないけど。百年前のことだもん」

「きっとハルは、殺したくなかったんだろうね。殺したくない相手を殺さなきゃいけないって、どういう気持ちなんだろ」

「……そんなの、想像したくもない」

「大変だったんだなぁ、ハル」

マナトから見ても、ヨリが言うように、ハルは本気を出していない。リヨに攻め立てられながらも、ときどき伸びる短剣で反撃するのだが、鋭さというか、これで仕留めてやる、というような意思がちっとも感じられないのだ。

ハルは殺したくない相手を殺して、今も戦いたくないリヨと戦っている。

「はぁ……」

マナトは思わずため息をついた。ヨリがちらっとマナトを見た。

「どうしたの」

「んん。わかんない」

マナトはなぜかあぐらをかいていられなくなり、腰を浮かしてしゃがむ姿勢になった。

「がんばれ、ハル」

「……がんばれ？」

ヨリは不満なのか、怪訝《けげん》なのか。マナトも、どうして自分がそんなことを言ったのか、不可解だった。おかしくて、つい笑ってしまった。

「なんとなく」

「だめだ」

いきなりハルが伸びる短剣を捨てた。それだけじゃない。伸びないほうの短剣も手放してしまった。

リヨが初めて止まった。ただ、その止まり方も、急停止するのではなくて、ゆったりと低い姿勢になった。

「それは果たし合いをやめるということですか」

「ユメとランタの血を引いているきみを殺すなんて、おれには無理だ」

「ですが、ハルさんはひいお祖父ちゃんを殺した」

「そうだな。こんなことを言っていても、そうせざるをえない状況なら、おれはやるかもしれない」

「そうせざるをえない状況とは何ですか」

「ランタに頼まれたんだ。スカルヘルに支配されてしまう前に、殺してくれと。あいつはわかっていた。封じられていたスカルヘルが解き放たれて、自分が自分じゃなくなることを。そうなったら、人として死ぬことすらできなくなる。そこまであいつは見通していたのかもしれない」

「ひいお祖父ちゃんが、人として死ぬには、ハルさんに殺させるしかなかった」

「他にも方法はあったのかもしれないが、あのときは何も考えられなかった。おれは息の根を止める寸前、あいつに謝ったよ。あいつは最後の最後まであいつらしかった。『こっちの台詞《せりふ》だ、バーカ』と返してきて、少しだけ笑った。百年経《た》っても、あのときの記憶は薄らぐことがない」

「ハルさんは死なない」

「不老不死というわけじゃないとは思うが、簡単には死ねないだろう」

「ずっと覚えている」

「忘れることはなさそうだ」

「悔いていますか」

「いいや」

ハルは首を横に、はっきりと振ってみせた。

「おれが悔いたりしたら、あいつの判断が間違いだったということになる。あいつはあいつ自身のために、正しい決断をした。だから、おれは悔いていない。もしあのときに戻れたとしても、同じことをする。おれは必ず、あいつを殺す」

「ハルさん」

リヨは手袋の留め金か何かを外した。まず左手の手袋が、次に右手の手袋が、地面に落下した。手袋の下も、素手ではなかった。リヨの両手には細い布が巻きつけられている。あの布は重くも硬くもないだろう。リヨの手を保護するだけで、クドゥスとかいう手袋と違って、武器にはならない。

「わたしと戦ってください」

ハルが答えずにいる間に、リヨは靴も脱いだ。手と同じように、リヨの足にも細い布が巻かれている。

ハルは仮面を外して、地べたにそっと置いた。ハルの顔が、さっきとは違う。白すぎるほど白いままだし、編み目状に青い血管が浮いている。それでいて、何か変わったような印象をマナトは受けた。初めに目にしたハルの素顔は死に顔か作り物のようだったが、今のハルは依然として生気こそ乏しいものの、死人には見えない。ハルは仮面に続いてマントも脱ぎ捨てた。

「おれでよければ、手合わせ願おう」

「ここからは全力でいきます」

リヨの体が傾いた。もうリヨは駆けている。ここからは全力。ということは、ここまでは全力じゃなかったのか。

何かものすごい音がして、ハルが吹っ飛ばされた。

「っ――」

ハルは空中でぐるぐる回った。その途中、打ち落とされた。リヨがすっ飛んでいって、自分で吹っ飛ばしたハルに、空中で後ろ回し蹴りを食らわせたのだ。

ハルは背中から垂直に落ちた。そこに、というか、そこにもリヨは襲いかかった。リヨは斜めに回転した。その回転に合わせて振り回した両腕を、ハルに叩《たた》きつけた。ハルも無防備でやられたわけじゃない。全身を丸めて、防御姿勢をとったみたいだ。

ハルの体が跳ね上がった。

浮いた瞬間、またリヨの両腕がハルを強打した。

マナトがあんなことをされたら、死ぬかどうかはともかくとして、気を失ってしまいそうだ。ハルはどうやって切り抜けたのか。マナトはまばたきをしないで見ていたのに、さっぱりわからない。

ハルがヨリに組みついた。いや、組みつこうとしたハルを、すかさずリヨが投げ飛ばしてしまった。投げられたらいくらか距離が生まれそうなものだが、相手がリヨの場合はそうならない。リヨは自ら投げ飛ばしたハルに一瞬で詰め寄って、今度は何をしようとしたのか。定かじゃない。とにかく、ハルがリヨの右腕と左脚を立てつづけに、というか、ほぼ同時に手で打ち払った。片腕と片脚を払われたリヨは、おそらくその勢いを利用して、軸が斜めになった後方宙返りをした。

リヨはゆらゆらと頭を上下させながら、ハルを中心にした円を描こうとするように移動している。移動しているので脚はもちろんだが、腕も、それから指や手首に至るまで、片時も静止していない。

ハルは猫背で、膝をいくらか曲げ、動かない。唇の左端から血が垂れている。

「オドラッドは本来、徒手空拳の抵抗術だから――」

ヨリが言った。全身にちょっとだけ力が入っているようだ。

「クドゥスもハドゥマもないほうが力を出しきれる。ただ、使い手の体が耐えきれなくて、壊れちゃいがちだけどね」

「ヨリはリヨが心配?」

マナトが訊《き》くと、ヨリは、ふっ、と鼻を鳴らした。

「あの子が自分で選んだことだから。六熾《ろくしき》を続けてれば、ヨリほどじゃなくても、いいところまではいったのに」

「六熾って、あのヨリが使うやつか」

「リヨは外氣《マナ》を扱う素質に恵まれてなかった。内氣《プラーナ》と外氣《マナ》を両方使いこなせないと、六熾を極めることはできない。それで、得体の知れないエミだかブブルだか何だかに師事して、オドラッドなんか習ったんだよ」

「そっか。リヨは、六熾だとヨリみたいに強くなれないと思ったんだ」

「ヨリみたいになろうと思うのが間違ってる。リヨのくせに」

「でも、ヨリみたいに強くならないと、リヨはヨリに守ってもらわなきゃいけないね」

「守りたくなくても、守るくらいはするよ」

ヨリは抱えこんでいる右膝を胸にぐっと引き寄せた。むっとしているみたいだ。

「リヨはヨリの妹なんだから」

マナトはくすりと笑った。間髪を容《い》れず、ヨリに背中を叩かれた。軽い叩き方じゃなかった。マナトは咳《せ》きこんだ。それがなんだかおかしくて、また笑ってしまった。今度は叩かれなかった。

リヨがハルに襲いかかった。

さっきまでとは何か違う感じがした。

ハルがリヨの長い右腕を左手で弾《はじ》いた。同時に、ハルは左足を伸ばして、リヨの右膝を蹴るというか、右膝を左足で押さえつけた。リヨが止まった。自分の意思で止まったわけじゃなくて、ハルに動きを封じられたのだと思う。

ハルはリヨの右膝を踏み台にして、体を持ち上げた。

膝蹴りだ。

ハルは右膝でリヨの顔面を狙った。でも、リヨは体がものすごくやわらかい。背骨がそんなふうに曲がるなんて驚きだ。リヨは上体を仰《の》け反らせて、ハルの膝蹴りを躱《かわ》した。

マナトにはそのあとの展開を十分に見てとることができなかった。何がどうしてそうなったのか、ハルがリヨを羽交い締めにしようとしていた。リヨがするりとハルの腕から抜けだし、逆にリヨのほうがハルを羽交い締めにした。そうかと思ったら、二人は絡み合ったまま地面に倒れこんだ。

「ハルヒロはもうリヨを見切った」

ヨリが呟《つぶや》いた。苦々しげだ。

「オドラッドは一見、変則的で、単調とは程遠いけど、規則性がある。師匠のエミ＝ブブルと比べて、リヨはまだまだ読みやすい。経験を積めばすぐ追い抜くだろうけど、現時点ではエミ＝ブブルのほうが強いから」

「ハルはどう？」

「あれは、強いとかじゃない」

「じゃ、何？」

「化け物」

どういう意味なのだろう。

リヨとハルはなかなか起き上がらない。地面の上を転げ回りながら、互いに相手を押さえつけようとしたり、腕や脚、首を掴《つか》まえようとしたりしている。

不意にリヨが跳び起きた。

ハルは少しだけ遅れて立った。

リヨが両手でハルの顔面を挟みこんだ。そうか。挟むだけじゃない。挟んで、ひねりを加えている。マナトは震え上がった。怖くて、笑うしかない。あんなのを食らったら、ものすごいことになる。首の骨が折れる。頭が弾けてしまう。

ハルの首も変な方向に曲がった。頭は破裂していない。さすがにそれはない。でも、顔がぐちゃぐちゃになっている。皮膚がめくれて、血が飛び散った。

「どうした」

そんな状態で、ハルが声を発した。リヨは一瞬、躊躇《ちゆうちよ》したのかもしれない。ハルに追い打ちをかけようとしたのは、その直後だった。リヨは左脚の回し蹴りをハルに浴びせようとした。もしかすると、回し蹴りと右手打ちで挟もうとしたのか。

リヨの左脚に、ハルの両腕、両脚が絡みついた。ハルはリヨの左膝とか左足首の関節を壊そうとしたようだ。そうはさせまいと、リヨはハルが組みついている左脚を地面に叩きつけた。ハルはリヨの左脚から離れなかった。

「これがきみの、全力か？」

「っ——」

リヨがむきになった。冷静じゃなくなったのが、マナトにもわかった。リヨは飛び跳ねて斜めに回転し、左脚というか、ハルで地面を蹴った。それでもハルはリヨの左脚と一体になったままでいる。リヨは左脚を高く振り上げて、踵落《かかとお》としというより、ハル落としをした。ハルは二回連続で地べたに激突した。

間を置かずにリヨが三回目を実行する前に、ハルが何かをした。たぶん、リヨの腹部、鳩尾《みぞおち》あたりに打撃を加えたのだろう。それも、思いきり拳骨《げんこつ》で殴りつけるというより、掌で、とんっ、と打ったような感じだった。

それでほんの一瞬、リヨの挙動が乱れた。

ハルはその間に、リヨの体を素早くよじ登るようにして移動した。リヨはハルに押し倒され、組み敷かれてしまった。

「おぉっ……」

マナトは思わず立ち上がった。

リヨは仰向《あおむ》けだ。ハルはリヨの腹にまたがっている。交差させた両手をリヨの首に押しつけて、絞めているようだ。

ヨリがため息をついた。

「……あんな戦い方、普通、できない」

リヨとしてはハルを撥《は》ねのけたいところだろうが、抵抗らしい抵抗はできなかった。ハルはひどく手慣れている。あっという間にリヨを失神させてしまった。

「すまない……ユメ……ランタ……」

ハルはすぐにリヨから離れて、途切れ途切れに言った。首が右後方に傾いていて、顔は見るも無残な有様だ。それなのに、ハルは平然と立っている。いや、平然と、とは言えないか。それともやはり、平然としている、と言うべきだろうか。

「おまえたちの……曽孫《ひまご》は……強いな……さすがだ……」

声が切れ切れなのは、首が折れているせいで発声しづらいのだろう。それが気になったのか、ハルは両手で頭を支え、顔を正面に向かせた。そのまま少し押さえていただけで、大丈夫になったらしい。

ハルは手を放してマナトとヨリに向き直った。そのときにはもう、ハルの首が傾いてしまうことはなかったし、顔にも変化があった。

血だらけだが、筋肉や血管、皮膚が、ぶつぶつと泡立ちながら再生されつつある。

マナトも傷の治りがいいほうだが、あそこまで速くはない。というか、そもそもあんなふうには治らない。

「ヨリ。きみもおれと戦いたいか」

「リヨと一緒にしないで」

ヨリは顔を伏せた。肩が落ちている。

「……ひいお祖母《ばあ》ちゃんなら、あなたを責めたりしない。ヨリもあなたを恨まない。ひいお祖父《じい》ちゃんのこと、もっと教えて。ハルヒロ。あなたの口から聞きたい」

「もちろんだ」

ハルはそう答えてからうなずいた。

「おれも話したい。久しぶりに、あいつのことを」

7. 何も知らないまま

「ここが方舟《はこぶね》のコントロールだ」

ハルが通路の扉をどうやって開けているのか、ようやくわかった。何のことはない。扉の脇にある目立たないボタンを押す。すると扉が開く。それだけのことだった。

扉は滑らかに右側に吸いこまれていって開いた。ヨリとリヨはその扉の動き方を興味深そうにじっと観察していた。マナトは電気で動く機械をニホンで見たことがあるし、こういうものがあってもおかしくはないという受け止め方をしたが、二人にとってはずいぶんめずらしいようだ。

ハルがマナトたちを案内してくれたコントロールとかいう部屋は、グリムガルよりもニホンに近い印象を受けた。ツノミヤでもメバシでもカリザでも、そのあたりを仕切っているヤクザたちしか立ち入れないような地域があって、そこには立派な建物がひしめき、ケートラとは別物の自動車が走っている。ヤクザに見つかったら、殺されるかもしれない。やばいとわかっていながら、何度かこっそり足を踏み入れて見物した。さすがに建物の中にまでは入れなかったが、ガラス張りで内部が見えたり、窓からのぞき見たりしたので、少しは様子がわかった。

「やぁ、でも、違うか……」

倉庫ほど広くはない。ぼんやり明るい程度の照明器具が設置された天井も、そこまで高くはない。机なのか、台なのか、そういうものが整然と並んでいて、椅子もある。コントロールには段差があった。入ったところが一番高くて、奥に進むに従って低くなっている。階段もあるし、坂道状の通路もある。

ハルは階段を下りてゆく。

ヨリとリヨは戸惑っているようだ。

マナトはハルを追いかけることにした。

「ね、ハル。何なの、コントロールって？」

「方舟全体の機能を司《つかさど》っている。……といっても、おれが把握しているのはそのうちのごく一部だ」

「へえ。機能かぁ。さっぱり意味不明！」

「この方舟が、グリムガルのものじゃないということだけは間違いない。方舟はどこか別の世界から渡ってきて、ここに落ちたか、着地したのか。おそらく、方舟にはおれたちとは異なるものが乗っていた」

「あぁ、船だったんだ。それで、方舟？　船っぽい見た目じゃないけど」

「外観は偽装できる。外だけじゃない。中もいじれる」

「通路も最初、螺旋階段《らせんかいだん》だったもんね」

「方舟に限らない。この仮面もそうだが――」

ハルはまたあの仮面を装着している。もう素顔を隠す必要なんてなさそうだが、ずっとつけていたみたいだし、外すと落ちつかないのかもしれない。

「グリムガルには異界由来のものがたくさんある。何かそういったものを引き寄せる場なのかもしれない」

「異界……ニホンのこと？　ニホンも異界の一つ？」

「だと思う」

ハルは階段を下りきると、長い机の前で足を止めた。ただの机じゃなさそうだ。突起があったり、図形のようなものが描かれていたりする。

ヨリとリヨも階段を下りてきた。

「あの塔の中がこんなふうになってるなんて……」

ヨリは鋭い目つきで、やたらときょろきょろしている。かなり警戒しているみたいだ。ヨリに従えられているリヨは無表情だから、何を考えていて、どんなふうに思っているのか、マナトにはよくわからない。

ハルに気絶させられて負けてしまったが、リヨはすぐ目を覚ました。見たところ、ダメージはそんなになさそうだ。ハルは首を折られて、顔面を破壊されても、リヨにはほとんど怪我《けが》をさせなかった。結局、ハルはあえてそういう勝ち方をしたのだろう。

「戸惑うのも無理はない」

ハルは右手の手袋を外した。白すぎるほど白かった顔と同じで、手も白い。ハルは机に描かれている図形にその手を置いた。

「コントロール。認証を要求する」

ハルがそう言うと、あちこちに光が灯《とも》ったので、マナトはびっくりした。

「うわっ……」

声こそ出さなかったが、ヨリもびくっとした。リヨの目が妙にぱっちりしている。見開いているのだ。

ハルが右手を置いた図形が青白く光っている。

『認証。コントロール、起動』

「……誰?」

マナトは首を巡らせた。ハルでも、ヨリでも、リヨでもない声だった。

ハルの眼前というほど近くはない場所に、白い文字列が浮き上がっている。マナトはいくらか読み書きができるが、まったく見覚えのない文字だ。黙りこくって訝《いぶか》しげに文字列を凝視しているヨリとリヨの様子からすると、二人も読めないらしい。

「コード・予備室A、及び、コード・予備室B、偽装を変更」

ハルが言うと、例の声が答える。

『偽装変更を受諾』

「そうだな……サイズ・三番、スタイル・モダン、タイプ・生活目的ワンルーム、予備室Aはシングルベッド、予備室Bはツインベッドで」

『受諾。偽装を実行しますか』

「実行してくれ」

『受諾。偽装完了まで百八十秒』

「カウントは不要だ」

『受諾。カウントを破棄』

「……ハル?」

マナトはハルのマントをつまんで軽く引っぱった。

「さっきから誰と話してるの?」

「コントロールだ」

ハルが手を離すと、図形の光が消えた。

「正確には、誰でもない。方舟を制御する装置の——ああやって会話することで方舟を動かす、機能の一つだな」

「……これ」

ヨリは眉をひそめて、苦い顔をしている。

「もしカンパニーが知ったら、面倒なことになりそう。総力を挙げて奪いにくるよ。こういうわけわかんないのとか、あの人たちの大好物だから」

「カンパニーというのが何なのか、おれにはわからないが、方舟を奪取するのは簡単じゃないだろう。コントロールを動かすには、認証が必要とされる」

「ハルヒロしか、その認証っていうのができないってこと？」

「ああ。基本的には」

「余計なお世話かもだけど、ハルヒロ、べらべらしゃべりすぎ。ヨリがカンパニーの関係者だったらどうするの」

「論理的じゃないときみは思うだろうが、おれはユメとランタの曽孫を疑いはしない」

ハルは手袋を嵌《は》めた。

「とくに、きみとリヨはユメを直接知っている。どう言ったらいいか。おれはきみたちにユメを感じるんだ。ユメから、何かを――たぶん、とても大事なものを、しっかりと受け継いでいる」

「……ひいお祖母ちゃんを持ちだすのは、卑怯《ひきょう》」

「すまない。おれは卑劣なんだ。おかげで、こうして生きながらえている」

ハルは机の前から離れた。

「ついて来てくれ。きみたちに部屋を用意した」

†

通路に戻って、ハルがコントロールとは別の扉を開けた。その扉の先は、何というか、普通の部屋だった。マナトたちがカリザの奥で見つけた家の部屋にもやや似ている。そこそこの広さで、天井の高さは跳んだらさわれるくらい、ベッドが二台あって、戸棚、机、椅子も二脚置かれている。その部屋には出入り口以外の扉もあった。ハルが言うには、服を脱いだり着たりする小部屋、脱衣所と、入浴できる浴室、それから、トイレまでついているらしい。

「ここにとどまるなら、ヨリとリヨ、二人で使うといい。何か足りないものがあれば言ってくれ。特殊なものでなければ、なんとか融通できると思う」

ハルはヨリとリヨを見た。

「もしかして、二人一緒の部屋じゃなく、別々がよかったか？」

「うん……」

ヨリは腕組みをして唸《うな》った。

リヨは即答した。

「一緒がいいです」

ハルはもう一つ、部屋を用意してくれていた。ヨリとリヨの部屋と大きさは変わらないが、そちらにはベッドが一台しかなかった。マナトの部屋だという。

「一人部屋？　おぉ。初めてかも」

「食糧はおれの部屋に蓄えがある。おれはともかく、きみたちは若いし、かなり食べるだろうな。滞在期間にもよるが、調達法を考えないといけない。オルタナの菜園にしても、まだ使えるかどうか……」

マナトはハルに浴室の使い方を教えてもらい、水浴びならぬお湯浴びをした。蛇口をひねるだけで、少し熱いほどの湯がとめどなく出る。ニホンでもそういう設備があるところにはあると聞いていたが、自分が使用することはないだろうと思っていた。

「シャワー、気持ちいい……」

浴びすぎなくらい湯を浴びて、脱衣所に置いてあったふかふかの布で体を拭いた。脱衣所には上半身が映る大きな鏡があった。体をひねって背中を確認してみたが、盛り上がった傷痕しか残っていなかった。この傷痕も明日にはすっかりなくなっているだろう。

「しっかし、髪、伸びたよなぁ……」

布を首にかけただけの全裸で部屋をうろうろしているのも何だし、ベッドに座った。脱いだ衣服は適当に丸めて部屋の隅にまとめてある。せっかくハルが見つけてきてくれたのに、背中が破れてしまった。

「直せるかな。あ。血がついたままだった。洗える？　体みたいに勝手に治ればいいんだけど。……普通は治んないんだっけ。ううん……ていうか、ヨリもリヨも強かったなぁ。ハルもだけど。いいな。強いのって。強くなりたい……のかな。どうだろ。ジュンツァとかがいれば、自分が強いほうが便利かなって思うけど。ヨリもリヨもハルも、強いしなぁ。あぁ……でも、強くないよりは、強いほうがいいかな？　強かったら……何だろ。そうだ。うん。足、引っぱらなくてすむし……？」

マナトはベッドの上で寝転んでみた。上掛けはやわらかくて、でも、その下のものがマナトの体をしっかりと支えている。想像を絶する寝心地のよさだ。

「すっげぇ。これ」

マナトはため息をついて、笑ってしまった。

「何だっけ、こういうの。極楽？　天国、だっけ。ジュンツァが言ってたんだ。人が死んだら、たいてい地獄に行くんだけど、極楽だか天国だかに行く人もいるとか。地獄はめちゃくちゃひどい場所だけど、極楽はそうじゃなくて……なんでそんな話になったんだっけな……あぁ……ジュンツァが怪我したとき、痛がって、眠れないとか言って……それで、アムがジュンツァにくっついて、色々さすったりとかして。そのとき、ジュンツァが……あんなに痛がってたのに……『いいわ。極楽だ』って。何それ、どういう意味って、訊《き》いたんだっけ。それで、地獄と、天国……極楽の話になって……そうだ、そうだ……ジュンツァ……なんか言ってたな。『俺、アムと子供作ろうかな』とか。ええ、何それって……笑っちゃったな。そしたらジュンツァ、微妙にキレて……なんでキレてんのって、余計、笑って……『マジな話、マナトはアムとネイカだったら、どっちがいい』……やぁ、マジ、よくわかんない……考えたこともなかったしな……子供かぁ……子供ができたら、親のほうが先に死ぬから……子供の前で、死ぬのは……うぅん……なんか、ね……いやかな、それは……父さんと、母さんは……死ぬとき一緒で、よかったけど……うん……父さんも、母さんも……びっくりするだろうな……グリムガル、かぁ……——」

いつの間にか眠りこけていたようだ。

「……ぁ？」

目が覚めると、部屋の明かりがだいぶ控えめになっていた。それに、体の上に毛布がかかっている。寝ぼけて自分でかけたとは思えない。そもそも、この毛布がどこにあったのか、マナトには見当もつかないのだ。首に巻いていた布は、離れたところでくしゃくしゃになっている。

起き上がると、机の上に皿とフォーク、ナイフが置いてあることに気づいた。皿には何か盛りつけられている。仄《ほの》かに匂いがする。食べ物だろう。

マナトは毛布をどけて、ベッドから下りた。椅子の背もたれに、オレンジと黒のツナギがかけてある。シャワーを浴びる前に脱いで丸めておいたものだ。

マナトはツナギを手にとって広げてみた。

「あぁ！　破れたとこ、縫ってある。血も、拭いた感じ……？　勝手に直るわけないし、直してくれたんだ。でも、誰が……？」

不思議だが、それよりもまずは食べ物だ。皿はなかなか大きい。盛られているのは、酢漬けと燻製肉《くんせいにく》、豆を調理したもの、紫色や赤い物体は干した果物だろう。種類が豊富で、量もけっこうある。

「うっわぁ……ちょうど寝ちゃっておなかすいてるし。自分で何もしてないのに食べ物があるとか、最高なんだけど！」

マナトはツナギをほっぽって、椅子に座った。

「んっ……」

すぐに椅子から立って、ツナギを拾った。誰かが直してくれたものだ。ぞんざいに扱うのはよくない気がする。着ようかな、とも思ったが、早く食べたい。マナトはツナギをいそいそと畳んで、少し迷ったが床にそっと置いた。それから椅子に座って、フォークを手にした。

「嘘《うそ》。肉、薄く切ってある。食べやすく……」

マナトは薄切りされた燻製肉を手始めに、皿の上の食べ物を片っ端から頬張り、咀嚼《そしゃく》して、胃に送りこんでいった。

「うっま、うま……うまっ……んんっ」

喉が詰まりそうになった。見ると、水だと思われる液体をたたえた瓶のようなものが皿の近くに鎮座している。食べ物のほうに気をとられていて、目に入っていなかった。マナトは瓶の蓋を外し、口をつけて、水らしき液体をごくごく飲んだ。

「水。あぁっ。水だ。そういえば、喉も渇いてた。ありがたいっ……」

あっという間だった。食べ物も水もぜんぶマナトの腹の中に収まって、皿についた酢漬けの酢まで舐《な》めてしまったから、きれいに何もなくなった。

「……うわぁ。まだぜんぜん食べられるけど。でも、満足……」

マナトは天井を仰いで目をつぶった。

「いい暮らしだ……」

『ピヨピヨ……ピヨピヨ……』

笑えてくる。大声で笑うわけじゃないが、くすくす笑ってしまう。

「ん？」

マナトは目を開けて、部屋中を見回した。

『ピヨピヨ……ピヨピヨ……』

「何、これ？」

『ピヨピヨ……ピヨピヨ……』

「……声？　違うか」

『ピヨピヨ……ピヨピヨ……』

「んん？」

マナトは椅子から立って耳を澄ませ、音の源を探した。

『ピヨピヨ……ピヨピヨ……ピヨピヨ……ピヨピヨ……ピヨピヨ……』

「ううん……」

どうも天井のどこかから音が鳴っているようだが、はっきりしない。

『ピヨピヨ……ピヨピヨ……ピヨピヨ……』

やがて奇妙な音に別の音が混じりはじめた。これはおそらく、壁だとか床だとか、そういったものを叩《たた》いている音だ。

「ドアのほうかな……？」

マナトは出入口の扉に歩み寄った。扉に耳をつけてみると、たしかに音がする。かすかにだが、どんどん、という音に合わせて振動してもいる。

この部屋の扉は通路とは違って、ニホンの家とあまり変わらない。ハンドルとツマミがついていて、ハンドルで開閉、ツマミで施錠できる。マナトは解錠してからハンドルを回し、扉を開けた。

「お」

扉の向こうは通路で、ヨリが立っていた。後ろにリヨもいる。

「ドア、叩いてた？」

マナトは首を傾《かし》げた。

「……よね？　変な音もしてたけど――」

ヨリは口を少し開け、眉根を寄せている。リヨも両目を瞠《みは》っているし、二人とも何も言おうとしない。

だいたい、二人はどこを見ているのだろう。マナトの顔じゃない。もっと下のほうだ。

「あっ……」

マナトは両手でその部分を隠そうとしてみた。収まりきらないので、後ろを向いた。

「……裸のままだった。そんなもの女に見せるなって、アムとかネイカに何回も怒られたっけ。ごめん。うっかりしてた」

「お尻はいいわけ？」

ヨリに訊かれて、答えようとしたら、つい半分前を向いてしまった。

「あっ――」

マナトは慌ててふたたびヨリとリヨに背を向けた。

「……お尻もだめか。でもなんか、前よりはいいんじゃない？　こういうの、前にしかついてないし」

「とりあえず何か着て」

「うん」

マナトは服を取りに行こうとした。ヨリに止められた。

「ドア！　一回、閉めて」

「そっか」

扉を閉めるとき、またヨリとリヨに体の正面を向けてしまった。ヨリは片手で目を覆って、ため息をついてみせた。

「……もう！」

「ごめん」

謝っておいて何だが、笑ってしまった。マナトは扉を閉めて服を着てから、あらためて扉を開けた。

「よく眠れた？」

ヨリは平然としていた。リヨは基本的に無表情な人なので、よくわからない。

「いつの間にか、ぐっすり寝ちゃってたみたい。あれ？　なんで知ってるの？　寝てる間に部屋に入った？」

「ハルヒロがね。ヨリもリヨも入ってない。一応、男の子の部屋だし。……一応っていうか。まあ、完全に男の子だし」

「ヨリとリヨは女だもんね。なんか、そういうの、あるよね。あんまり裸にならないほうがいいとか？」

「……一般的にはね。あんまりじゃなくて、特別な間柄じゃなければ、裸は見せない」

「何？　特別な間柄って。あっ！　ヨリとリヨに裸、見せちゃった。だったらもう、二人とは特別な間柄？　なの？」

「そういうことじゃない……」

「違うんだ。ううん。ややこしい。たとえば、ヨリと特別な間柄だったら、裸を見せるってこと？」

「……そう、かな？」

「裸なんか見せて、どうするの？」

「どう……って」

「見せ合うってこと？」

「それは……見せ合うわけじゃ、ない……ような……」

「男だと股のとこについてるけど、女はついてないよね。あと、女は胸が出っぱってるでしょ。あれって、子供を産んだらお乳をあげるんだよね。獣もそうだし。あぁ。男と女は違うから、見せ合うのかな。ここ違うね、とか。そういうこと？」

「……ヨリに訊かれても」

「ヨリは詳しくないの？　じゃ、リヨは？」

「わたしは――」

リヨはそこまで言って、固まった。口が開いたままだし、明らかに顔が、というか、全身が硬直している。マナトは首をひねった。

「ん？　どうしたの？」

「リヨに妙なこと訊《き》かないで！」

急にヨリが怒鳴った。

「熟睡して、すっきりしたでしょ。行くよ！」

「行く？――って、どこに？」

「外！」

ヨリに腕を摑《つか》まれて、引っぱられた。

「こんなとこにずっといたってしょうがない。せっかくグリムガルに来たんだから、この目で色々確かめないと！」

8．聖歌

方舟《はこぶね》のすぐそばにある廃墟《はいきょ》が旧オルタナ。旧オルタナの南には天竜山脈がそびえていて、その向こうにヨリとリヨの故郷、連合王国がある。連合王国の一番偉い人がルーデン・アラバキアで、この王様がヨリとリヨの父親なのだという。二人は王様の娘なのだ。まごうことなきお姫様で、王女という身分なのだとか。

それはそれとして、旧オルタナの北に広がっている森を抜けると、緑が少なく起伏のある荒れ地の中に、別の廃墟が佇《たたず》んでいる。

マナトたちはまさに今、その廃墟を遠目に眺めていた。

「オルタナより、ずっと小さいね」

マナトは剣と短剣だけ持ってきた。弓矢は狩りなら有用だが、ルミアリスの帰依者にはまるで効果がなかった。弓と矢筒のセットはそれなりにかさばるし、狩猟が目的じゃなければないほうが身軽でいい。何か見つけたら持ち帰りたくなるかもしれないので、リュックを背負ってきた。

「かつては砦《とりで》だった」

ハルは仮面を被《かぶ》ってマントをつけている。もう何十年もその恰好《かっこう》らしい。

「デッドヘッド監視砦。もともとはオークという種族が築いたものだとか」

「そういえば――」

マナトは軽く身をよじって、ツナギの縫われているところをさわってみせた。

「ここ直してくれたのって、ハル？」

「ああ」

「針と糸で、チクチクやってたよ」

ヨリが言った。

「マナトが眠ってる間、ハルヒロの部屋でひいお祖父《じい》ちゃんの話とか聞いてたんだけど。話しながら、作業してた。器用なんだね」

「慣れているだけだ」

ハルはぶっきらぼうに答えた。

ちなみに、ヨリはコートを羽織っているけれど、中はかなり薄着だ。上着は胸の部分だけを覆う薄手のもので、ズボンはやけにぴったりしている。首にぶら下げた紐《ひも》付きの眼鏡は、翼竜に乗るときに使うのだろう。赤い剣の鞘《さや》を背中に斜めがけして、ナイフを帯びている他には、何も持っていない。

リヨは革のツナギに、例の手袋と長靴、クドゥスとハドゥマを手足に装着している。肩紐を腕に通して背負っている物入れは、リュックのような、でも、厚みがなくて、何と呼ぶのかわからない、とにかく鞄《かばん》だ。ポケットがたくさんついていて、刃物とおぼしきものもしまわれている。オドラッドでは投擲《とうてき》する刀剣を使うと言っていたような気がするし、きっとそれなのだろう。紐付き眼鏡は鞄の中らしい。

「なんか、ジュンツァが言ってたんだけど、ええと、いっしゃくいっぱんの……？」

「一宿一飯」

すかさずリヨが訂正してくれた。

「それだ、一食一飯！　ご飯をもらったら恩を返せってことだよね」

「一食一飯じゃなくて一宿一飯」

リヨはマナトに視線を向けてはいるものの、まったく表情が変わらない。

「意味するところは、一晩泊めてもらい、一度食事をふるまわれること。これを大きな恩義と考え、必ず恩返しをしなければならないとする種族や文化が、赤の大陸各地に複数存在している」

「へぇ。そうなんだ」

「そう」

「リヨは物知りだね。ジュンツァみたいだ」

「わたしは物知りじゃない。むしろ、知らないことのほうが圧倒的に多い」

「えぇ。こっちなんて、多いとか少ないとかじゃなくて、知らないことしかないよ」

「それで？」

ヨリが肩をすくめた。ちょっと呆《あき》れているみたいだ。

「一宿一飯がどうしたの？」

「あぁ、それそれ。ハルには一宿一飯だなって。あれ？　言い方が変か。一宿一飯の恩があるなって。や？　もっとか。服とか剣とか貸してくれて、破れたのも直してくれたし。ご飯は二回だから、えっと、一宿、二飯、服、剣……うわ」

数えてみたら、笑えてきた。

「いっぱいだ。これ、返さないとね」

「そんなことは考えなくていい」

ハルは仮面を廃墟のほうに向けたまま言った。

「返さないとっていうか、返したいっていうか」

マナトはうなずいた。

「うん。返そっと」

「……やめてくれ」

「だめかな？」

「おれが止める筋合いでもないんだが……」

「何かやることあったほうがいいかな、と思って。ニホンではやっと家を見つけて、あとは死ぬまで生きようって感じだったけど。そういうのがないと、何だろ、ううん……」

「張りあい？」

ヨリが言った。

「あぁ。それかな？　張りあい。張りあい？」

「もしくは生き甲斐《いがい》」

今度はリヨが言った。

「生き甲斐！」

マナトはリヨに顔を向けた。

「それだ！　生き甲斐！　仲間が言ってた。こうやってみんなといるのが生き甲斐だって。その仲間は、家が見つかる前に死んじゃったけど」

「……死んじゃったんだ」

ヨリが呟《つぶや》くように言った。

「うん」

マナトは笑った。べつにおかしいわけじゃないが、あの小さなカナリヤのことを思いだすと、やっぱり笑ってしまう。

「よく笑うやつで。ちっちゃくてさ。軽くて。病気で、熱があって、咳《せき》とかしてて。自分で歩けなくなったから、おぶったりしてて、それでも笑ってて。そのうち元気になればいいなと思ってたけど、死んじゃった。ずっと雨降ってたし、埋めるの大変だったな」

「マナト」

不意にリヨがマナトの左肩に右手を置いた。

「ん？」

見ると、リヨは少しうつむいている。肩をさわっておいて、マナトと目を合わせようとしない。

「ご愁傷様です」

「ごしゅーしょーさま？　何それ？　誰？　様？　偉いの？」

「気の毒にって意味」

ヨリがリヨの代わりに教えてくれたが、マナトはぴんとこなかった。

「気の毒？　なんで？」

「……マナトたちは家を探してたんでしょ。その子は志半ばで死んじゃったってことだよね。それが気の毒ってことでもあるし、マナトも仲間を亡くして悲しかったよねっていう。リヨが言いたいのは、そういうこと」

「あぁ。そっか。どうせなら、家が見つかるまで生きてられたらよかったよね。だけど、死ぬ直前まで楽しかったって言ってたし、笑ってたから。気の毒ってこともないよ」

マナトは左肩にのっているリヨの右手をそっと摑んだ。リヨはクドゥスをつけているので、感触は硬かった。

「でも、ありがと。リヨは気遣ってくれたってことでしょ。やさしいんだね、リヨは」

「……いいえ」

リヨは小刻みに首を振った。というか、震わせた。

「わたしは……やさしくは……ない。そのような人間では……」

「そう？　やさしいと思うけどな。ヨリも、リヨの気持ちをわかりやすく説明してくれて、やさしいし、すごいね」

「あぁぁったりまえでしょ？」

ヨリはそっぽを向いて、腕組みをした。

「……ヨリは人格も才能もぜんぶ完璧なんだから。あのひいお祖母《ばあ》ちゃんの曽孫《ひまご》だし。ヨリはヨリなんだから、それくらい。ていうか……」

「ていうか？」

「何でもない。……えらいいもてもてくんだったって、ひいお祖母ちゃんが言ってたけど。あれはマナトのことじゃないし――」

「ハルの仲間だった人？　偶然、同じ名前の」

「まあ……」

ハルは仮面をさわった。

「人目を引く、一目置かれる男だったな。人当たりがよくて、いつも笑ってた」

「そういうのって、何だっけ。笑い上戸？」

「何とか上戸というのは、飲酒した際に出る癖のこと。泣き上戸や怒り上戸など」

リヨがぼそぼそっと言った。まだ下を向いている。

「じゃ、違うか。よく笑う人？　何か他に言い方あるのかな。ま、いっか。どうでも」

「て……」

リヨが右手をぴくぴくさせた。

「手を」

「手？」

「放して欲しいです」

「あぁ、ごめん」

マナトが手を放すと、リヨは右手を引っこめた。右手を左手でぎゅっと握っている。痛かったのだろうか。そんなことはないだろう。マナトはそんなに力を入れていないし、リヨの手はクドゥスで保護されている。

「あの砦跡には誰かいるの？」

ヨリが訊《き》くと、ハルは首を横に振った。

「おれが知る限りでは、いなかった。この方向から見ると、かなり防壁が残っているが、実際は三分の二近く崩れている。砦本体も、中に入れる状態じゃなかった」

「ろくに使えないわけね」

「ああ。ただ、ルミアリスの帰依者たちがオルタナにやってきたのが、どうも気になっていてな」

ハルは西を指さした。

「ここから四キロほど西に進めば、ダムローという都市がある。百年以上前はゴブリン族が占拠していた。今は暗黒神スカルヘルの隷属たちが根城にしている」

「つまり――」

ヨリは顎をつまんだ。

「このへん一帯は、スカルヘルの縄張りってこと?」

「そうだ。ルミアリス陣営とスカルヘル陣営はグリムガル中で勢力争いを繰り広げているが、彼らにとって風早荒野《かざはやこうや》以南は僻地《へきち》らしい。いち早くダムロー、それから、もう少し北西にあるサイリン鉱山跡に根を張ったのがスカルヘル陣営で、ルミアリス陣営の攻撃を何度か撃退してきた。最近は静かだったんだが……」

「またルミアリスの帰依者たちがダムローをうかがってるんじゃないか。ハルヒロはそう睨《にら》んでるんだね」

「その可能性はある」

「ヨリたちがやっつけたのは、帰依者たちの先遣隊」

「かもしれない」

「本隊、もしくはその一部があの砦跡《とりであと》かどこかにいて、先遣隊はオルタナを偵察するために派遣された？」

「確証はないから、調べておきたい。おれ一人なら、方舟《はこぶね》に閉じこもって嵐が過ぎるのを待ってもいいけどな」

「じゃ、さっと行って見てくる？」

マナトが片手を上げてそう言うと、ヨリが渋い顔をした。

「……いかにも見張りとかに気づかれて、しっちゃかめっちゃかになりそう」

「ええ。誰かいても見つからないように注意して、何だろ……偵察？　そうだ、偵察。してくればいいんでしょ？　ハンターやってたし、そういうのわりと得意だよ。人間よりも獣のほうが敏感だし。あと、ほら、怪我《けが》しても治るから。ヨリとリヨは、そんなに治らないんだよね？」

「マナトみたいにはね。内氣《プラーナ》を練って、治癒力を高めることはできるけど。正直、常人よりは数段上ってレベル」

「わかった」

ハルが手招きをした。

「おれとマナトで行ってくる。ヨリとリヨはここで待機していてくれ」

マナトはほとんど爪先だけを使ってあまり足音を立てずに歩けるが、まったく無音というわけにはいかない。不可能じゃないとしても、音を出さずに少し進むだけでとんでもなく時間がかかる。ハルは静かで、速い。すいすいと足の置き場を決めてゆく。いちいち考えて決めているとは思えないほどだ。

†

ハルとマナトはあっという間に砦に接近して、防壁を背にした。

ここからだと、ヨリとリヨは見えない。二人は小高い丘に身を隠している。

ハルが東のほうを指で示した。マナトがうなずいてみせると、ハルはふたたび歩きだした。マナトはハルについていった。

防壁沿いに角まで進んだ。曲がると、すぐ先が崩れ落ちて瓦礫《がれき》の山になっていた。ハルが掌をマナトに向けた。ここで待て、という合図だろう。マナトはうなずいた。

ハルが瓦礫の山をよじ登った。ハルやマナトの背丈より少々高い程度の山だから、すぐだった。ハルは山のてっぺんからちょっと顔を出した。すぐには引っこめずに、中を観察している。やがて下りてきた。

「案の定だ。神兵がたむろしている」

　ハルがマナトに耳打ちした。

「神官が少なくとも一人はいるし、数十人、もしかしたら百人を超えるかもしれない」

「それって多い？」

　マナトはほぼ声を出さず、口をはっきり動かして訊いた。このやり方なら、ハルはちゃんと聞きとってくれるだろう。

「ダムローの隷属は数百じゃきかない。あの数でダムローを攻め落とすのは無理だ」

「もっといそう？」

「そうだな。数もだが……もし帰依者の中に聖者がいたら、厄介だ」

「聖者って？」

「神官はわかるな」

「あの、全身がなんかこう、銀色っぽいやつで覆われてる……じゅ？　じゅらい？」

「受体だ。ルミアリスの力が、六芒光核《ろくぼうこうかく》を通して帰依者に与える、物体、物質というより、一種の生命体らしい」

「うぉ。受体。難しいね」

「その神官よりも、力が強い――受体が一部変容した、神官長という帰依者がいる」

「へんよう……」

「だいたいの場合、受体の一部が武器のように変わっている」

「それじゃ、見た目でわかる?」

「ああ。聖者は、さらにその上だ」

「へぇ……」

神官は体内に六芒光核とやらをいくつか持っていて、受体は硬い。身体能力も高かった。それに、何か変な言葉を呟《つぶや》くと光りだして、パワーアップした。

聖者はもっと強い。

神官長はあの神官よりも強い。

「ふっ……」

マナトは噴きだしそうになった。声を出して笑うとまずいので、とっさに我慢したのだ。

ハルがわずかに首を傾《かし》げた。

「……何だ?」

「ううん」

マナトは首を振ってみせた。

「怖いなぁって。怖いと、なんか楽しくなってこない?」

「楽しくはないな。おれの場合。ただ、きみが言わんとしていることはわかる。稀《まれ》にいるんだ。リスクを冒すことに喜びを感じる性質の持ち主が。……そういえば、ランタはわりとそっち寄りだったな」

「ヨリとリヨのひいお祖父《じい》ちゃんだね」

「あの二人も、どこかそんなところがある。じゃないと、天竜山脈を越えてきたりはしないだろう」

「ハルは違う？」

「おれは臆病者だからな。もう少し探ろう」

二人は頭を低くして防壁の崩れた箇所を通過した。また防壁がいくらか残っていて、その向こうは瓦礫の山すら残っていないほど破損していた。

ハルが防壁の崩れ際から身を乗りだした。すぐにもとの体勢になった。ハルが軽く手招きしたので、マナトは身を寄せた。

「何かいた？」

「近い。神官を囲んで、神兵たちが座っている。四十人はいた」

「わぁ……」

「ここは登れそうだな」

ハルは背にしている石組みの防壁を見上げた。高さはハルやマナトの三人分もないだろう。指や足先を引っかけられそうなところがいくらでもある。たしかに登れそうだ。登れると思うと、登りたくなる。

「きみはここで待っていろ」

ハルにそう言われて、抗議したくなったが、恩返しをするつもりの相手に逆らうのはどうなのか。仕方ない。マナトは頬をぱんぱんに膨らませつつ、親指を立ててみせた。

「……おれが指示するまで動くなよ」

「大丈夫。ハルの言うことは聞くよ。たぶん。だいたいはね。がんばる。うん」

ハルが防壁をよじ登りだした。これまた速かった。体重をかけたら軋《きし》んだり、ずれてしまったりする石もありそうなのに、ハルはそういった外れを一度も引かなかった。すっかり登ってしまうのではなくて、ハルは防壁にしがみついたまま、頭を半分だけ出した。じっとしている。

「……ん？」

何か聞こえる。

「E'Lumiaris, Oss'lumi, Edemm'lumi, E'Lumiaris,――」

声だろうか。

そうだ。

これはきっと、声だ。

「Lumi na oss'desiz, Lumi na oss'redez,――」

一人じゃない。

何人もが、ただしゃべっているのではなくて、歌っているのか。

「Lumi eua shen qu'aix, Lumi na qu'aix, E'Lumiaris,――」

歌はニホンにもあった。両親がときどき歌っていたし、マナトもいくつか覚えている。ツノミヤやカリザでも歌声を聞いた。仲間たちもそれぞれ歌を知っていた。

「Enshen lumi, Miras lumi, Lumi na parri,――」

声を張り上げて、楽しげに歌っているという感じではない。大勢が歌っているのは間違いないが、声を合わせて合唱しているのでもない。たぶん、それぞれ下を向き、独り言を言うのと大差ないような調子で、ぶつぶつ、ぼそぼそと歌っている。

「E'Lumiaris, Me'lumi, E'Lumiaris.――」

一人一人の声量はおそらく小さめだ。でも、歌声はだんだんと高まっている。砦の中のあちこちに神兵がいて、一斉にではなくばらばらと歌いはじめ、歌声の総量が次第に増しているのだ。

なんだか気味が悪い。どの歌声も砦の中から聞こえてくる。それなのに、まるで歌声に取り囲まれているかのようだ。

ハルがやっと下りてきた。

「戻ろう」

それしか言わずに、ハルはもと来た道を引き返しはじめた。何かただならぬ様子だし、黙ってハルに従ったほうがよさそうだ。

小高い丘まで戻ると、ヨリとリヨが姿勢を低くして待っていた。

「どう？」

ヨリが尋ねると、ハルは仮面の奥で小さく息をついた。

「悪い報《しら》せだ。砦には最低でも三百の神兵がいる。聖者までいた」

「聖者？」

ハルがマナトにしたのと同じ説明をすると、ヨリは思案顔になった。

「これから戦争が始まりそうってこと？　ヨリたちが旧オルタナで帰依者たちの一団を殲《せん》滅《めつ》したのは、どう影響するか。まあ、手間だったけど、全員きっちり処理しておいて正解だったたね。一人でも逃がしたら、砦の帰依者たちがヨリたちの正体を摑《つか》んでたかもしれない。方舟は大丈夫なの？」

「どちらの陣営にも攻められたことはない」

「だったら、最悪、避難所はある。ハルヒロはどう思う？」

「……そうだな」

ハルはどうにも歯切れが悪い。マナトの思いすごしだろうか。防壁に登って下りてきてから、ちょっと変だ。あの歌声のせいだろうか。どうだろう。他に何かないか。

「聖者？」

マナトが呟くと、ハルが仮面をこちらに向けた。

「……聖者がどうかしたか」

「や、見たんだよね。ハルは、その？　聖者？」

「砦本体《とりで》の、いくらか残っている最上部に座っていた。一瞬、おれに気づいたんじゃないかと思ったが、杞憂《きゆう》だったようだ」

「ええ、と……」

マナトは自分の片頰をぺちぺち叩《たた》いた。何か引っかかっている。けれども、これという言葉が出てこない。

「ううん。あぁ。そうだ。ハルは今までも聖者に会ったことあるの？」

「何度かな。百年は短くない。聖者は一人だけじゃなく、何人もいるし——会った、か。会ったというか……」

「見た？」

「いや」

「戦ったの？」

「まともにやり合ったわけじゃない。追われて、なんとか撒《ま》いた」

「ハルヒロが知ってる聖者なの？」

ヨリの質問を耳にして、そういうことか、とマナトは思った。きっとそれだ。ハルは砦にいた聖者を知っているのかもしれない。なんとなくそう感じていたのだ。

「……どう言えばいいか」

ハルはうつむいた。

「聖者は、もとから聖者だったわけじゃない。ルミアリスに仕える神官や聖騎士だった。人間だったんだ。スカルヘルの隷属にも、ルミアリス陣営でいえば聖者にあたる、鬼神という上位者がいて、彼らもそうなんだが」

「元人間……」

ヨリが呟いた。

「帰依者は、死なない」

リヨがぽつりと言った。

マナトは腕組みをして空を仰いだ。

「ハルはその聖者を知ってる。元人間。死なない。てことは……聖者が人間だったころを、知ってる？」

「そうだ」

ハルは手で仮面を押さえた。

「砦にいたのは、乱震の聖者タイダリエル。おれは彼が人間だったころを知っている。肩を並べて、何度も共に戦った――」

9．ぜんぶ潰す

まだ日が高いから、ダムローにも行ってみることになった。ハルは気乗りしないようだったけれど、ヨリが見たがっていたし、マナトもスカルヘルの隷属には興味がある。リヨはヨリが行く場所にはついてゆくだろう。

ダムローは、デッドヘッド監視砦跡はおろか、旧オルタナとも次元が違う規模を誇っていた。ニホンのツノミヤもそうとうな大都市だったが、面積だけならきっとダムローもひけをとらない。

ハルによると、ダムローは北西部の新市街と、南東部の旧市街、大きくこの二つに分かれている。

ざっくり言えば、ダムローは人間の街だったが、二百年くらい前、他の種族に一度攻め滅ぼされた。旧市街は廃墟《はいきょ》のまま残り、ダムローの新たな支配者となったゴブリン族が新市街を再建した。

百年前に色々あって、そのゴブリン族も壊滅したらしい。

その後、スカルヘルの隷属たちがやってきて、住みついた。

「大半の隷属は新市街にいる。旧市街の外縁部は見てのとおり、廃墟のままだ——」

ダムローはかつて市街地の全域が防壁で囲まれていた。往時の名残がまだ残っている。

といっても、ところどころに石が高く積み上げられているだけで、壁と呼べるような代物じゃない。壁の残骸を越えると、何らかの建物を形づくっていたのだろう瓦礫《がれき》が散らばり、たまに積み重なって盛り上がっている。草が生い茂っていて、あちこちに木立もある。小動物や虫のたぐいは見かけるものの、隷属らしき人影はない。

「旧市街は無人ってこと？」

ヨリが訊《き》くと、ハルは首を横に振った。

「いや。養殖場がある」

「養殖？　動物でも飼ってるの？」

「動物といえば、そうだな。動物には違いない」

遠からず緑地と化してしまいそうな旧市街外縁部をしばらく進むと、壁が見えてきた。壁のさらに向こうには、黒々とした高い建物の影がある。いつだったか、山の中で驚くほど大きな蜂の巣を見かけた。その巣は樹上じゃなく、木の根元にこんもりと膨れていた。あの蜂の巣をもっと、ずっと、とてつもなく巨大化させたような形をしている。本当に建物なのだろうか。でも、自然物とは思えない。

それより、まずは壁だ。

ハルは姿を隠しやすそうな木立の中にマナトたちを導いた。ここからあの壁までは、まだ少し距離がある。走っていっても十秒かそこらはかかりそうだ。

「高さは六メートルくらい？」

ヨリは木陰から顔を出し、手指を動かして何かやっている。

「幅、二百か……二百五十メートルってとこかな。何かを囲ってるの？　もしかして、あれが養殖場？」

ハルはそうだとも違うとも言わずに、壁の端のほうを指さした。

「見張りがいる。体表まで悪腫化《あくしゆか》しているな。隷兵《れいへい》だ」

たしかに、ハルが指し示したあたりに誰か立っている。人間のような形をしているが、ハルのように黒ずくめに近い恰好《かっこう》をしているのか。全身が黒っぽい。マナトはジュンツァたちより目がよくて、夜目も遠目もきくほうだ。このくらい離れていても、なんとなく顔の識別がつく。ところが、あの見張りの隷兵とやらは、どんな容姿をしているのかよくわからない。

「見張りは何人くらい？」

ヨリが尋ねた。ハルはかすかに首をひねった。

「どうかな。隷属は、帰依者たちのように統率がとれているわけじゃないみたいだ。おれもダムローはだいぶ見て回ったが、そのときどきで様子が違う。養殖場に常駐している隷属は二人か三人。一人ということはないだろう。出荷の際は、別の隷兵がくる」

「出荷……って、養殖場で飼育してる、動物の？」

「おれは帰依者たちが何かを食べているところを見たことがない。今のところは、だけどな。ただ、隷属は食事をする」

「肉食ってこと？　主食は、養殖場で飼育してる動物の肉？」

「調理はしない。おれが知っている限りでは」

「サシミ？」

マナトも獲物の内臓や肉を生で食べることがあった。何でも食べられるわけじゃないが、新鮮ならけっこうおいしい種類、部位がある。そのあたりは両親に教えてもらった。

「……あれをそう呼んでいいのか。おれには何とも言えない。とにかく、隷属は生きたまか、殺してから、手を加えずに食べる。やつらは狩りもするようだが、それだと足りないんだろう」

「あっ。ハル、言ってたよね。大型の獣はずいぶん減ったって。あれ、隷属に狩り尽くされちゃったから？」

「そうだ。やつらは食って殖える」

「でも、生き物ってそういうものなんじゃない？」

ヨリが肩をすくめてみせた。

「基本的にはヨリたちだって同じでしょ。生きるためには食べなきゃいけないし、子孫繁栄のために繁殖する」

「あの中で養殖されているのは、ゴブリンだ」

「……え?」

ヨリはリヨと顔を見合わせた。二人とも、呆然《ぼうぜん》としているようだ。

「ゴブリンって――」

ニホンではたぶん聞いたことがないと思う。ハルの話には何度か出てきた。マナトは記憶を辿《たど》ってみた。

「ダムローを、何だっけ、占領? 占拠してた、ええと……種族? ちょっと違う、人間みたいな? え? 人間みたいなのを……食べてるの?」

†

養殖場はダムロー旧市街に数箇所あるらしい。ハルが言うには、石の壁に囲まれているだけじゃなく、地面が掘り下げられていて、その中でゴブリンが養殖されている。

壁には一箇所だけ門が設けられ、そこを開けると出入りできる。

マナトたちが今、木々と瓦礫による複雑な複合体に隠れて見守っているのが、その門だ。門扉は鉄の棒を格子状に組んだもので、かなり錆《さ》びている。閂《かんぬき》は外側に掛かっていた。ということは、中から出られないようにするためのものだ。

日が傾いてきた。

新市街のほうから何かが近づいてくる。

車だ。四つの車輪を取りつけた荷車らしい。小さな車じゃない。ニホンでわりとよく見かけたケートラよりもずっと大きい。ケートラの、ゆうに倍はある。荷台というより、檻《おり》に車輪を付けたような車だ。ケートラはエンジンで動くが、あの車は違う。檻から前方に出っぱったコの字形の持ち手を、人が摑《つか》んで牽《ひ》いている。一人じゃなくて、二人だ。ずいぶん大柄な——あれは、人間なのか。肌が緑色だ。

「オーク……」

ヨリが呟《つぶや》いた。緑肌の種族。オーク。そういえば、神兵の中にもいた。二人のオークが並んで持ち手を握り、檻車《かんしゃ》を牽いている。オークの神兵は目が光っていたが、あの二人は黒い。白目がない。隷属オークは左右の目全体が黒々としている。

檻の中は空っぽだ。何も積んでいない。けれども、檻の上に黒っぽい人間型の生き物が腰かけている。あれはオークじゃない。見張りと似たようなやつだ。体表まで悪腫化している、とハルが言っていた。隷兵か。

檻車を門の前で停《と》めると、オークたちは門を外して門扉を引き開けはじめた。オークたちはかなり力がありそうだが、開けるのに難儀している。錆びているせいか、歪《ゆが》んでいるのか。かなり建て付けが悪いようだ。

檻車の上の隷兵は脚を組んでみたり、片膝を立ててみたりするだけで、そこから動こうとしない。オークたちに手を貸す気はさらさらないようだ。

やっと門扉が開いた。オークたちはふたたび檻車を牽いて、門から養殖場の中に入っていった。

壁の上には見張りの隷兵がいる。でも、ここから見える範囲にはいない。

門は開きっぱなしだ。

檻車はすぐに見えなくなった。

養殖場内部は掘り下げられ、低くなっているという。檻車はその低いところに降りていったのかもしれない。

何か声らしきものが聞こえる。マナトにはわからない言葉だが、怒鳴りつけているような調子だ。この甲高い叫び声は何だろう。怒鳴っている声とは、また別の声だ。悲鳴だろうか。騒がしい。

「……何をしてるの？　あいつら……」

ヨリはハルに訊いたのか、それとも疑問を口に出しただけなのか。ハルは黙りこくっている。

養殖場を調べたいと言いだしたのはヨリだ。ハルは引き返したがっていた。

マナトは正直、よくわからない。

獣を狩って食べるのは、マナトにとってごくあたりまえのことだ。逆に人間が襲われて獣に食べられることもある。それがひどいことだとは思わない。ただ、いくら空腹でも、同じ人間を殺して食べるかというと、食べたくはないような気がする。

食べたくなくても、食べなければ死んでしまうのなら、食べるしかない。

でも、たとえば、餓《う》えていたらジュンツァたちのような仲間を食べるか、と訊かれたら、どうだろう。

どうだろうも何も、仲間は食べない。

もし、たまたま自分が死にかけていて、仲間たちが死ぬほど腹を空《す》かせていたら、どうか。他に食べ物がなければ、どうせ自分はそのうち死ぬし、食べていい、いっそ仲間に食べてもらいたい、と考えるかもしれない。仮にマナトがそう望んだとしても、仲間は食べてくれるだろうか。よっぽどのことがないと、結局、食べないんじゃないか。

仲間じゃなければ、食べられるだろうか。

相手が見知らぬ他人だったら、食べ物と見なせるのか。

空腹のときに、人間の死骸を見かけたことがある。ツノミヤ以外の街では道端によく死体が転がっていて、蠅《はえ》などの虫がたかり、鴉《からす》や犬、豚に食われていたりした。ハンター暮らしをしていると、鳥、山犬、豚に似た猪《いのしし》、何でも狩るし、蛇や一部の虫だって食べる。獣、虫が人間の死体を食べるなら、人間が人間を食べたってかまわない。

そのはずなのに、人間は食べられないと、マナトは感じている。

理由はわからないが、人間は人間を食べない。

それはたぶん、やってはいけないことだ。

「ゴブリンは、人間？」

マナトはハルの外套《がいとう》を摑んで小声で尋ねた。ハルは少し間を置いてから答えた。

「おれは昔、このダムロー旧市街でずいぶんゴブリンたちを殺した。彼らは言語や固有の文化を持っていて、人間に似たところがある。でも、おれたちは彼らを人間扱いしていなかったんだ。彼らには共食いをする習性があった。誤解を恐れずに言うと、ゴブリンはおれたち人間より頭が悪くて、見た目も醜い、野蛮で下等な種族だと思っていた」

「……それ本気で言ってる？」

ヨリが口を挟んだ。

「ゴブリンは体こそ小さいけど、瞬発力も、持久力も、ヨリたち人間よりむしろ上だよ。頭だって悪くない。同族の遺体を食べる風習にも、ちゃんと弔いの意味がある。赤の大陸のゴブリンたちは続けてるみたいだけど、連合王国に渡ってきた一派は、他の種族と共存するために遺体を食べるのはやめた。竜飼いにはゴブリンが多い。危険な職業だし、尊敬されてる。ちなみに、ヨリとリヨの竜飼いの師匠はゴブリンだよ」

「……そうか。ゴブリンたちも、赤の大陸に。天竜山脈の南には、彼らもいるんだな」

ハルはため息をついた。

「彼らがきみたちの同胞になっているという事実は、おれ個人としてもそこまで意外じゃない。彼らはダムロー新市街に独自の王国を築き上げていたし、他の種族と交わるゴブリンもいた」

「養殖なんて」

ヨリはうつむいて唇の端のほうをぎゅっと噛《か》んだ。完全に頭にきているようだ。というか、ずっと怒っていたのだろう。

「ありえない。なんでそんなこと――」

ヨリが顔を上げた。リヨがヨリの腕をそっとさわったからだ。

開け放たれた門の先に檻車が見えてきた。やはり一度、低いところに下りて、上がってきたようだ。

オーク二人が牽く檻車の上に腰かけていた隷兵は見あたらない。

来たとき檻は空っぽだった。今は何かを満載している。大勢が乗っている、いや、乗せられている、と言うべきだろうか。

彼らは小柄だ。人間の子供くらいだろうか。腕や脚は細く、胸は狭くて薄い。肋《あばら》が浮き出ているのに、腹は膨れている。体格のわりに頭が大きい。それとも、痩せているせいで大きく見えるのか。

オークの肌は緑色で、彼らの肌も似た色合いだが、いくらか黄みがかっている。頑丈そうな衣類を身にまとっている二人のオークと違って、彼らは何も着ていない。素裸だ。

「……ゴブリンたち」

ヨリが呻《うめ》くような声で言った。

あるゴブリンは座っている。立っているゴブリンもいる。座れるゴブリンは座って、座る場所がないゴブリンは立っているしかないのだ。外側で立っているゴブリンは檻に摑まり、檻に手が届かないゴブリンは近くのゴブリンにもたれかかっている。檻車はがたごと揺れるので、何か支えがないと倒れてしまうのだろう。とんでもなく窮屈そうだし、押し合いへし合いしてもおかしくないが、そんな元気はないのかもしれない。彼らは見るからに弱っている。

檻車が門を通過した。隷兵《れいへい》は檻車の後ろにいた。手に何か持って歩いている。あれは何だろう。小さいものじゃない。けっこう長い。腕一本分くらいはありそうだ。半ばほどで折れ曲がっている。

オークたちが檻車から離れ、門扉を閉めはじめた。

隷兵は檻車の脇をゆっくりと歩きながら、手に持っているものを顔に近づけた。

何をするのか。

あれは何なのか。

隷兵は黒っぽいというか、全身ほとんど真っ黒だ。黒い鱗《うろこ》のようなもので体が覆われているように見える。

口を開けた――のだと思う。隷兵の下顎が下方に動いた。口の中も黒い。

隷兵は手に持っていたものに、かぶりついたのか。

「……食べてる」

ヨリがそう呟いて、片手で自分の口を押さえた。

だいたい腕一本分くらいの大きさだった。腕であれば肘にあたるところで折れ曲がっていた。緑色で、やや黄みがかっている。一部、赤黒い。

腕くらい、というか。

あれは、腕そのものだ。

隷兵はゴブリンの腕を食べている。

養殖場の門扉は閉められ、閂がかけられた。オークたちが並んで持ち手を摑み、檻車を牽きはじめた。隷兵は檻車の横を、そのまま歩いてゆくらしい。

檻車に乗せられたゴブリンたちは静かだ。すぐそこで、隷兵がくちゃくちゃ、ごりごりと仲間の腕を食べている。檻の中からそれを見ているゴブリンもいるのに、何も言わない。じっとしている。

「えぇ……と」

マナトは檻車に目をやってから、ヨリとリヨを順々に見た。

「助けないの？　あの——人たち？」

「っ……」

リヨが驚いたように両目を見開いて息をのんだ。ヨリは赤い剣の柄《つか》に手をかけて、ぐっと膝を曲げた。

「いや、それは——」

ハルが駆けだそうとするヨリを手で制した。

「待ってくれ、ヨリ。ダムローは隷属たちのテリトリーだ。隷兵一人でも侮れない。二人、三人と集まってきたら、手に負えるかどうか。それに、あのゴブリンたちを檻から出して自由にしたところで……」

「ハルヒロ。あなたの言いたいことはわかる。ヨリは馬鹿じゃない」

「……そんなふうには思っていない」

「本当に？　ヨリは激情に駆られて、後先考えずにあのゴブリンたちを助けようとしている。ハルヒロはそう思ってるんじゃないの？　言っとくけど、大間違いだよ」

「何を……考えてる？」

「ゴブリンの養殖場は何箇所もあるんでしょ」

「旧市街には、おそらく四箇所」

「ぜんぶ潰す」

「……何だと？」

「閉じこめられてるゴブリンたちを全員救うのは難しい。だけど、養殖なんてさせない。そんなこと、ヨリは認めないし、許さない。手始めに出荷を止める。それから、養殖場を一つずつ潰す。壊滅させる。リヨ」

姉に呼びかけられると、妹は無言でうなずいた。

ヨリがやるつもりならリヨは当然、手伝う。姉妹だと言われたらそう見えるが、似ているかというと、それほど似てはいない。双子じゃないし、年齢は一歳半、離れている。妹のほうが姉よりずっと背が高い。外見だけじゃなくて、性格も違いすぎるほど違う。それでいて、二人はきっと一心同体なのだ。

「ハル」

マナトはハルの肩を軽く叩《たた》いた。べつに何もおかしくはないのだが、ついちょっと笑ってしまった。

「……わかった」

ハルはうなだれた。

「ただし、退《ひ》くべきときは退くと約束してくれ。スカルヘルの隷属はグリムガル中にいる。養殖場がいくつあるのか。これはきみが想像しているより、遥《はる》かに長い戦いになるぞ」

「ヨリがへこたれると思う？　あのひいお祖母《ばあ》ちゃんとひいお祖父《じい》ちゃんの血を引いてるんだよ」

「よしっ」

マナトは掌を下に向けて右手を出した。

「何？」

ヨリは小首を傾《かし》げながらも、マナトの右手の上に自分の右手を重ねた。

リヨも、姉がそうしたからだろう、ヨリの右手の上に右手を置いた。

「……何だ？」

ハルは手を出そうとしない。

「んっ」

マナトが顎をしゃくってうながすと、ようやくハルはリヨの右手の上に自分の右手をのせた。

「何これ？」

ヨリは解せないようだ。

「さあ？」

マナトは笑った。

「なんとなく。一緒にがんばろうみたいな感じ？」

「一緒に……」

リヨはヨリを見てからハルに目をやって、最後にマナトに視線を向けた。そして、顎を引くようにして少しだけうなずいた。

「がんばる。一緒に」

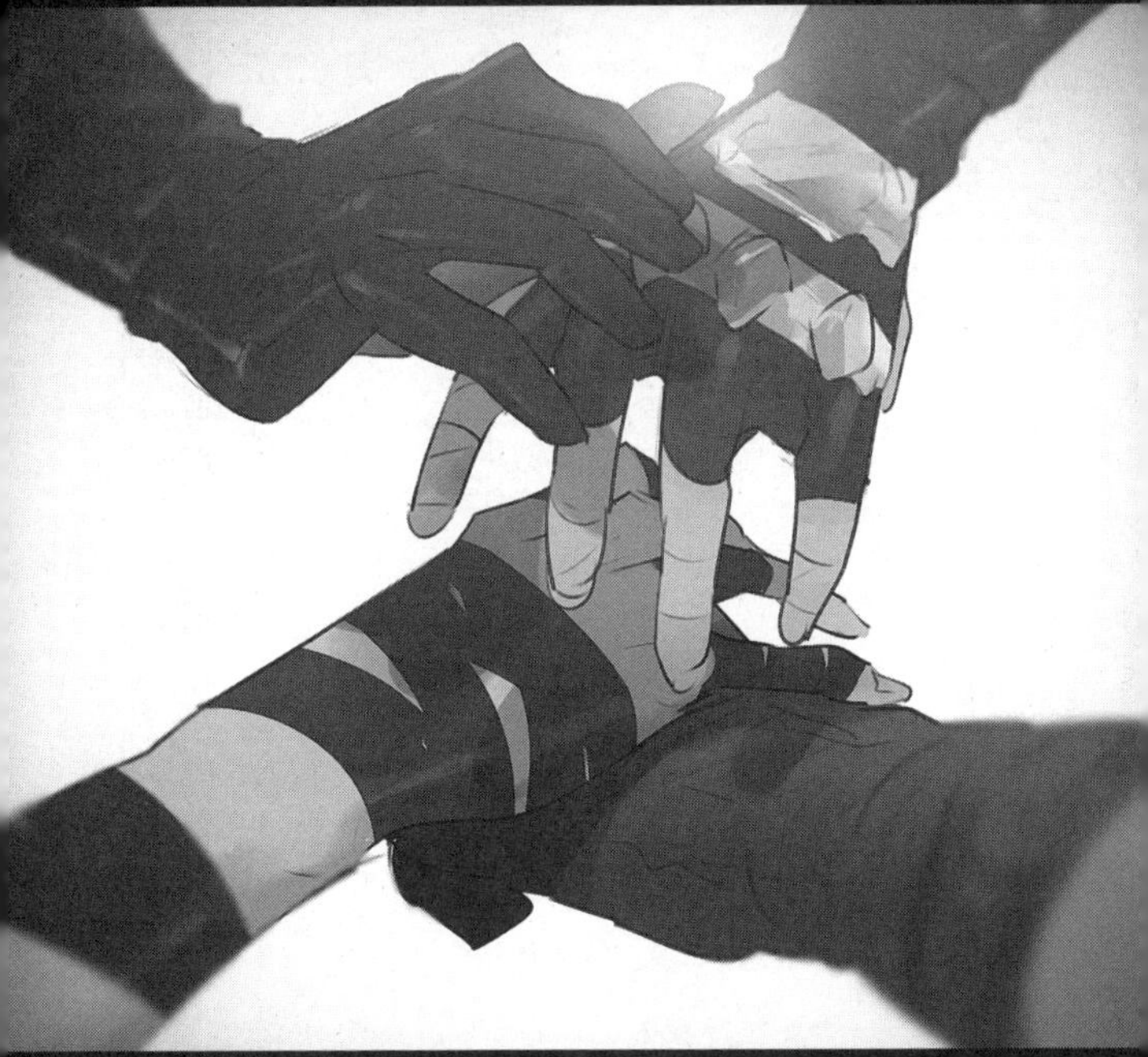

10・私が私であることに

先回りしたハルが、檻車《かんしゃ》の横を歩く隷兵に音もなく襲いかかった。マナトは檻車の斜め後方の茂みからその模様を見ていたのだが、ハルが伸びる短剣で斬りかかって、それを隷兵がしゃがんで躱《かわ》した。その寸前まで、というか、まさにその瞬間まで、ハルがどこにいるのか、マナトにはわからなかった。

ハルは消えるのがうまい。本当に消えているわけじゃないはずなのに、消えているとしか思えないのだ。いったいどうやったらあんなふうに消えることができるのか。今度、教えて欲しい。

でも、ハルは消えていて、いきなり現れたとしかマナトには思えないのに、隷兵はしっかりと反応したのだ。

しかも、伸びる短剣をよけただけじゃない。隷兵はすぐに反撃した。

すかさずハルめがけて投げつけたのだ。

まだ食べきっていなかった、ゴブリンの腕を。

「――くっ……!」

ハルはゴブリンの腕を払い落とした。その隙に、隷兵がハルの懐に入りこもうとする。

ハルは跳び下がって距離をとった。隷兵はハルを追う。追いすがろうとする。

檻車が停《と》まった。牽《ひ》き手《て》のオーク二人が異変を察知して、牽くのをやめたのだ。さっきまでマナトのそばにいたヨリとリヨが、横合いから檻車に駆け寄ってゆく。正確には、檻車の前方だ。ヨリとリヨは牽き手のオークたちを狙っている。

隷兵、隷属のことはハルにざっと教えてもらった。隷兵はだいぶ厄介そうだが、ただの隷属はそこまでじゃない。体格のいいオークの隷属が相手でも、ヨリとリヨならあっという間に片づけてしまえるだろう。その後、ヨリとリヨはハルの援護に向かうことになっている。

マナトは茂みから飛びだした。ハルたちの戦いの行方はもちろん気になるけれど、マナトにも仕事がある。

檻車だ。前のほうじゃない。ヨリとリヨとは逆だ。マナトは全力疾走で檻車の後方へと向かった。

ずっとおとなしくしていた檻車の中のゴブリンたちも、さすがに何だ何事だというふうにきょろきょろしたり、アァ、ウゥ、と唸《うな》ったりしている。檻《おり》の後方は一部が開閉できる扉のようになっていて、鍵は掛かっていない。外側に掛け金がある。それを外すだけで開けられる。

マナトはその掛け金を外し、扉を開けた。

「さあ、出て！　逃げて！」

ゴブリンたちはマナトのほうに顔を向けたが、出てこようとしない。びっくりしているのか。何がなんだかわからなくて、まごついているのかもしれない。

「ええと……だからその、出て！　外に。この中にいたら、何だろ、そうだ、ほら、連れてかれて、食べられちゃうよ!?　あぁ、あれか、言葉が……」

マナトは自分の左腕に噛《か》みつくふりをしてみせた。

「食べる！　わかる？　食べられてたよね、さっき、仲間が！」

ゴブリンたちはマナトをじっと見つめている。震えているゴブリンもいれば、何かぽかんとしているようなゴブリンもいる。マナトが言わんとしていることは、おそらく通じていない。

「ううん、それはまぁ、しょうがないっていうか……」

マナトの言葉を理解してもらえないのはやむをえない。でも、ゴブリンたちは檻に閉じこめられていた。その檻から出られる。それは見ればわかるはずだ。

どうしてだろう。なぜどのゴブリンも外に出ようとしないのか。

もちろん、ゴブリンたちにとって、マナトは見知らぬ人間だ。怪しまずにはいられないだろう。だとしても、このまま連れていかれたら、食べられてしまうのだ。マナトが何者だろうと、何を言っていようと、とりあえず逃げるしかない。マナトがゴブリンなら、絶対そうする。

説得しようにも話ができない。マナトは一番近くにいたゴブリンの腕を摑《つか》んだ。引っぱろうとしたら、嚙みつかれた。

「――あぃだっ!?」

手を放したら、ゴブリンはすぐ嚙むのをやめた。ゴブリンの歯はなかなか鋭いが、血は出ていない。少し痛いだけだ。たいしたことはない。

「やっ……だけど、出ないと……逃げたほうが……逃げ――ないの？　え？　なんで？　逃げようよ？　ねえ、外に……困ったな、どうしよ、ううん……」

マナトはあとずさりして、いったん檻車から離れた。

考えもしなかった。

ゴブリンを逃がすつもりだったのに、逃げてくれないなんて。

「イハァッ……！」

突然、誰かが大声を出した。誰か。誰だ。ゴブリン。ゴブリンだ。檻の中にいるゴブリンのうちの一人が叫んだらしい。

そのゴブリンは他のゴブリンたちをかき分けて顔を出し、マナトのほうを見ている。

「ニハァッ……！」

いや、マナトじゃない。マナトの後ろか。

マナトは振り返った。

「やばっ――」

思わず呟《つぶや》きながら剣を抜いた。黒い。真っ黒ではなくて、やや青みがかっているだろうか。濃紺の鱗人間《うろこにんげん》。隷兵《れいへい》だ。養殖場にいた見張りか。きっとそうだ。あの養殖場までけっこう距離がある。あえて檻車が養殖場から離れたところで襲撃したのだ。それでも察知されてしまったらしい。

濃紺の隷兵が駆けてくる。なんとなくだが、下がるとやられそうな気がした。マナトは前に出た。踏みこんだら、もう隷兵に剣が届きそうだ。

近い。

こんなに近かったのか。

マナトは力任せに剣を振るった。

振りきった。

当たらなかった、というより、当たらない、と思った。案の定だった。

一瞬、隷兵を見失った。次の瞬間、マナトは地面を転がっていた。

「――っっ……」

蹴飛ばされたのか。右の脇腹あたりに何か食らわされた。それで転倒し、体が仰向《あおむ》けになったところで、腹を踏んづけられた。

「んんぐぅっ……」

一回じゃない。隷兵は二回、三回と、立てつづけにマナトの土手っ腹に右足をぶちこんだ。腹が破裂するんじゃないか。すでに内臓がぶちまけられていたとしてもおかしくない。それか、体の中で内臓がぶっ潰れているか。

せり上がってきて、何かが口からあふれた。

噴出した。

それが何なのか、マナトにはわからなかった。ただ苦くて、生臭かった。

「がぁっ……！」

しゃにむに剣を振り回すと、隷兵はひらりと身をひるがえした。マナトは跳ね起きたが、下半身の感覚がなくてふらついた。そして隷兵にまた蹴られたのか、殴られたのか。

「ぁっ――」

地面に背中を打ちつけて息が詰まった。呼吸ができなかろうと何だろうと、動かないとやられてしまう。隷兵と揉《も》み合《あ》いになったのか。首を摑まれて、なんとか隷兵の手を引っ剝《ぺ》がしたのは間違いない。すぐに何発か顔面をぶん殴られ、左目が見えなくなった。隷兵にのしかかられ、どこかを鷲摑《わしづか》みにされている。どこを鷲摑みにされているのか。

至近距離で見る隷兵は、まあ、マナトは右目しか見えないのだが、人間という感じはしない。皮膚が濃紺の鱗状になっているだけじゃなくて、顔立ちが、何だろう、マナトはそれに似た生き物を見たことがない、強いて言えば、魚と昆虫の中間のような。

魚？
昆虫？
その中間？
どこが？
「――ああぁぁああああぁぁぁあああぁあぁあああぁぁああぁぁああぁぁあああぁ」
割れる。
割れる割れる割れる。
割れちゃう。
頭が割れそう。
割れるって、頭。
頭か。
隷兵は両手でマナトの頭を鷲掴みにしている。握り潰そうとしているのか。
「シシシシシシシシシシシシシシシシシシシシシシシシシシシシシシシシシシ……」
何かそんな音を、声を発しながら。たぶん、これは隷兵の声なのだと思う。
笑っているのだろうか。何、こいつ。
何なんだよ。頭が割れる。割れるってば、本当に。
だめだ。割れる。

「ウギィーギィッ……！」

違う。

違う声だ。

隷兵じゃない。

マナト自身でもない。

別の声だ。

ゴブリンか。

隷兵に、後ろから何かがしがみついている。ゴブリンなのか。

間違いない。あれはゴブリンだ。

一人のゴブリンが隷兵の背中にしがみついて、その上、首筋に嚙みついた。隷兵の皮膚は硬い。かちかちじゃなくて、弾力みたいなものがあるのに、えらく硬い。あの皮膚に歯が立つものなのか。そこはちょっとわからない。でも、ゴブリンはとりあえず、嚙みつこうとはしている。

隷兵は今まさに、両手でマナトの頭を握り砕こうとしていた。右手はマナトの頭を摑んだままで、左手だけ離した。

その左手がゴブリンの頭に向かって伸びてゆく。ああ、危ない。

潰れる。潰されちゃうって。ゴブリンの頭は、やばいって。

マナトは頑丈なのだ。あのゴブリンは養殖場にいた。元気ではないだろう。体が丈夫だとは思えない。ただでさえ、マナトよりずっと小さいのだ。

マナトは剣を持っていない。どこかにいってしまった。

でも、短剣がある。

隷兵に両手で頭を鷲掴みにされていたときはそれどころじゃなかったが、片手だけになったおかげで、ほんの少し余裕があった。

だからマナトは、短剣の柄《つか》を逆手に握って抜くことができた。

それを一息に、隷兵の顎の下、喉元にぶちこんでやった。

「コフッ……」

隷兵の口からそんな音が漏れた。隷兵が、怯《ひる》んだのかどうかは定かじゃないが、マナトに加えている圧力が弱まった。マナトは隷兵を撥《は》ねのけようとしながら叫んだ。

「逃げろ……！」

ゴブリンと目が合ったような気がした。言葉は通じなくても、マナトの気持ちは伝わった。そう感じた。

ゴブリンが何かわめいて隷兵から飛び離れた。そうだ。それでいい。マナトは短剣を握り締めている右手に左手を添えた。そして、さらに力をこめようとしたら、隷兵の拳が降ってきた。もう、ああ、やばい、だけど、どうしたら。

マナトはとっさに額で隷兵の拳を受け止めた。隷兵はたぶん、マナトの右目あたりに拳を叩《たた》きつけようとしていた。右目まで潰されたら終わりだと瞬間的に考えて、ちょっとだけ首を曲げて頭の位置をずらしたのだ。それで右目の視力は失わずにすんだが、何もかもがぐわぐわする。やばい。やっぱり結局、やばすぎる。

誰かが隷兵をぶん投げてくれなかったら、きっと本格的に終わっていた。

右目は見えたので、とはいえぼんやりとしか見えないのだが、リヨだとわかった。

リヨが助けにきてくれたのだ。

マナトは立とうとした。起き上がりたいのは山々だが、体を転がしてうつ伏せになるのが精一杯だった。なんでうつ伏せになんかなってしまったのか。失敗だったかもしれない。やけに苦しいんだけど。何がどうしてどこがこんなに苦しいのか。マナトには見当もつかない。とにかく、苦しくてたまらない。

リヨは戦っているらしい。

ヨリに名を呼ばれたような気がする。

それから、ハルにも。

たしか、大丈夫か、と訊《き》かれた。

マナトは、うん、大丈夫、と答えたつもりだが、どうだろう。答えられたのか。返事をしようとしただけかもしれない。

下を向いていたら何も見えないから、まあ、どのみちよく見えないけれど、どうにか顔だけは上げている。

そのはずだったのに、いつの間にか目の前に地面があった。

檻車《かんしゃ》が通るせいか、草はそんなに生えていなくて、轍《わだち》ができている。雨が降ったら、どろどろになりそうな地面だ。

顔を押しつけたらかなり痛そうなので、マナトは両腕を重ねて額のあたりにあてがっていた。腕があたっている箇所が、ずいぶん痛い。

きついなぁ、これ。

きっっ。

きつすぎて、笑ってしまう。

笑うと、体中、痛いんだけど。それがまた、笑える。

笑ってばかりもいられないから、マナトはまた顔を上げた。左目はまだ見えないが、右目は問題なさそうだ。体もどうにかこうにか動かせなくもない。マナトは起き上がった。

四《よ》つん這《ば》いになることは、なんとかできた。

「あぁ……」

ゴブリン。ゴブリンが。檻車の扉の外に、ゴブリンたちがいる。何人かは外に出たらしいが、まだ檻《おり》の中にとどまっているゴブリンのほうが多い。圧倒的に多い。

　一人のゴブリンが扉のところで中に呼びかけている。出てこいとか、逃げようとか、急げとか、きっと仲間たちにそういったことを言っているのだろう。

　あのゴブリンだろうか。隷兵にしがみついて嚙《か》みついた。あれは、あのゴブリンかもしれない。マナトには見分けがつかないけれど、そんな気がする。

「マナト！」

　呼ばれて、見上げるとヨリがいた。

「──わっ、ひどっ！」

　ヨリが痛そうに顔をしかめて叫んだので、マナトは笑ってしまった。

「痛いの、こっちなんだけど」

「よく笑ってられるね……」

「や、治ってきたし。痛いは痛いけど。あちこち痛い……ふふっ……」

　リヨが長身を屈《かが》ませて半分檻に入りこみ、ゴブリンを摑《つか》んでは外に放り投げている。ゴブリン同士、押したり引っぱったりしながら、扉のほうに向かったりもしている。檻の中のゴブリンはだいぶ少なくなった。隷兵二人とオークの隷属二人はどうなったのだろう。見あたらない。片づいたのか。

「ここから離れるぞ！」

　ハルが駆けてくる。

「冗談でしょ！」

　ヨリが即座に言い返した。

「養殖場にはまだゴブリンたちがいるはず！　最低でも彼らを解放しないと！」

「マナトはどうする!?」

「平気！」

　マナトは一気に立ってみた。立ててしまったので、我ながら驚いた。

「おぉ――ぶふっ……」

　口から何か出た。

「血反吐《ちへど》!?」

　ヨリがそう言うなり、肩を貸してくれようとした。マナトはヨリを押しのけた。

「や、うん、平気、平気……ごふっ……」

「平気なわけないでしょ!?」

「し、死なないから、たぶん、このくらいじゃ……ぼほっ」

「普通なら死んでいてもおかしくない！」

　ハルに叱りつけられた。普通なら死んでいる。マナトは普通じゃないのか。実際、ジュンツァたちとは違っていた。違っても、仲間だと思えれば仲間だ。普通だろうと、普通じゃなかろうと。ただ、ハルが、普通なら、なんて言うのはなんだかおかしい。笑える。

「ぐほっ、ぼふっ、かふぉっ……」

「ちょっと、この人、笑いながら血を吐きまくってるんだけど……」

「べふっ……そ、そんなに痛くないから、平気……」

「だめだ、マナトを連れて安全なところまで避難する！」

ハルがすくい上げるようにしてマナトを横抱きにした。

「いいな、ヨリ、リヨ！　頼むから、ここはおれの言うことを聞いてくれ！」

「だったら、ハルヒロはマナトを運んであげて！　リヨ！」

ヨリはリヨを呼び寄せて駆けだした。

「行くよ、養殖場……！」

リヨはヨリについてゆく。ハルはマナトを抱えたまま、二人を追いかけた。

「どうしてこうなる……！」

マナトとしては、下ろしてもらって自分の足で走りたい。でも、まだそんなに速くは走れそうにない。というか、走ったらきっと血を吐いてしまう。まさか自分が走ると血を吐く体になるとは思わなかった。笑っちゃうんだけど。いやいや、我慢しないと。さっき笑ったら血を吐いた。何をしても血を吐きがちだ。血を吐きがちとか。どんな人間なのか。おもしろすぎる。いや、だから、笑うのはだめだ。笑うの禁止。笑いそうになることは、できるだけ考えないようにしないと。

「あ、剣——短剣も……」

「どうとでもなる！」

怒られてしまった。ハルも大変だ。マナトは他人事《ひとごと》のようにそんなことを思った。他人事じゃないのに。大変な目に遭わせているのは誰なのか。マナトだ。マナトだけじゃないのかもしれないが、原因の半分ほど、半分以上は、マナトが作っている。笑うとは何事だ。自分を戒めようとすれば戒めようとするほど、どういうわけか笑えてくる。

笑ってないで真面目にやれと、ジュンツァたちに数えきれないほど注意された。ふざけているつもりはなくても、笑っていると不真面目に見えるようだ。気をつけないと。気をつけてはいるのだが、どうしても笑いたくなる。

もう笑うしかない。

笑わないけど。

笑ってたまるか。

行く手でヨリとリヨが、繁殖場の門を開けようとしている。

「——ヨリ……！」

ハルが怒鳴った。壁か。養殖場の壁の上だ。隷兵《れいへい》が走ってくる。別の見張りか。見張りの一人はマナトたちが襲撃した檻車のところに駆けつけてきたけれど、他にも見張りがいた。隷兵が壁から身を躍らせて、ヨリとリヨに飛びかかる。

迎え撃ったのはリヨだ。リヨは全身をぐるっと斜めに回転させ、長い脚で隷兵を蹴り払った。隷兵は吹っ飛ばされたが、すぐに起き上がってリヨに迫ろうとする。でも、隷兵が迫るまでもない。リヨのほうから隷兵に攻めかかっている。

ヨリは閂《かんぬき》を外し、門扉を開けようとしている。オーク二人がかりでも開け閉めするのに手間取っていた。すんなりとは開かない。

「――E'Lumiaris, Oss'lumi, Edemm'lumi, E'Lumiaris,……」

何か聞こえる。

「ハル……」

マナトがうながす前に、ハルはあたりを見回していた。

「まずい。聖歌だ。ルミアリスの――」

「Lumi na oss'desiz, Lumi na oss'redez, Lumi eua shen qu'aix,……」

歌。

マナトもデッドヘッド監視砦《かんしとりであと》跡で聞いた。

あの歌だ。

ただし、歌い方が違う。大違いだ。砦跡では大勢がぶつぶつ、ぼそぼそと歌っていた。

今、聞こえる歌声はそうじゃない。

「Lumi na qu'aix, E'Lumiaris, Enshen lumi, Miras lumi,……」

声を合わせて、高らかに歌っている。

音量がそんなに大きくないのは、距離があるせいだ。

「Lumi na parri, E'Lumiaris, Me'lumi, E'Lumiaris.……」

まだ遠い。

でも、近づいてきつつある。

「下ろして……！」

マナトはハルの腕をほどいた。ハルは拒まずにマナトを放してくれた。自分の足で立ってみると、さっきよりはだいぶましだった。腕にも、脚にも、ちゃんと力が入る。咳《せ》きこみたくなったりもしない。

ハルはちらっとマナトの様子を確かめると、隷兵と派手に格闘しているリヨのほうに向かった。

「ヨリを止めてくれ！　おれは隷兵を始末する……！」

「E'Lumiaris, Oss'lumi, Edemm'lumi, E'Lumiaris,Lumi na oss'desiz,……」

歌声が押し寄せてくる。

「Lumi na qu'aix, E'Lumiaris, Enshen lumi, Miras lumi,……」

マナトは門扉を目指して走った。

「Lumi na parri, E'Lumiaris, Me'lumi, E'Lumiaris.……」

脚がへこへこして、なんとも奇妙な走り方になってしまう。あちこち痛いことは痛いのだが、この程度なら耐えられなくはない。

「ヨリ、ヨリってば、一回逃げよ、ヨリ、ね……!?」

「いいから開けるの手伝って！」

「怪我人《けがにん》なんだけど、一応」

「走ってきたでしょ、一応！」

「そうだけど……」

「考えがあってやってる！　無茶してるわけじゃない、手伝って！」

「え、そうなの？　わかった！」

マナトはヨリと一緒になって門扉を引き開けはじめた。見ると、門扉の下端が地面に少しめりこんでいる。開くのか、これで。さっき開いていたし、開かないことはないのか。

「んんんんんんんんんんんんんん……！」

「あんまり無理しないでよ!?」

「手伝えって……言ったのは、ヨリ……だよ……!?」

「そうだけど――」

「あぁ、開きそう！　なんか引っかかってて、ここ通り越したらいける感じ！」

「じゃあ、一気に……！　ふんっっ……！」

ヨリとの共同作業であるポイントを突破すると、その先はわりあいすんなり開いた。門扉は両開きで、檻車《かんしゃ》は両方開けないと通り抜けられないが、人なら片側だけで問題ない。

「――で？　どうするの!?」

「リヨ、ハルヒロ……！」

ヨリは養殖場の中に入らず、二人を呼んだ。隷兵は倒れている。死んでいるのかどうかはわからない。そもそも、全身が悪腫化しているという隷兵は、死なないのかもしれないようだ。隷兵が死なないというか、悪腫が死なないというか？　ハルが説明してくれて、マナトなりになんとなく理解したつもりだったのだが、頭がこんがらがっている。とにかく、隷兵はただ倒れているだけじゃなく、頭やら腕やらが胴体から切り離されていたり、粉砕されたりしているみたいで、起き上がってはこない。

当然、リヨとハルは無事だ。リヨはヨリに呼ばれた途端、黙って走りだした。

「早く離脱しないと……！」

ハルもぼやきながら駆けてくる。

「E'Lumiaris, Oss'lumi, Edemm'lumi, E'Lumiaris,……」

歌声はもうだいぶ近い。

「Lumi na oss'desiz, Lumi na oss'redez, Lumi eua shen qu'aix,……」

帰依者たちの姿はまだ見えないが、かなり近づいてきているような気がする。

「Lumi na qu'aix, E'Lumiaris, Enshen lumi, Miras lumi,……」

「みんな中に入って！」

ヨリはそう言うと門扉の向こうに駆けこんだ。リヨが迷わずヨリに続いたので、マナトもつられた。間もなくハルも養殖場に飛びこんできた。

養殖場の内部は、壁で囲った土地全部が掘り下げられているわけじゃなかった。壁から六歩か七歩くらいは地面と同じ高さで、その先が切り立った崖みたいに落ち窪《くぼ》んでいる。どうやって下りるのだろう。門から少し離れた場所に木か何かで足場が組まれている。あそこから下りられそうだ。

壁の外ではあまり気にならなかったが、かなり強烈な臭気が漂っている。悪臭の発生源は、言うまでもなく養殖場内に掘られたこの巨大な穴だ。

穴はそう深くない。せいぜいマナトの背丈の倍程度だろう。その気になればいくらでもよじ登れそうだが、ゴブリンたちはなぜ逃げないのか。穴の底は、少し高くなっているところと、ひどく汚そうな泥水が溜《た》まっているところがある。痩せた裸のゴブリンたちは、少し高くなっているところに固まって座っているか、寝そべっている。うずくまって、何か食べているらしいゴブリンもいた。あの取っ組みあいをしているゴブリンたちは、もしかして、揉《も》めているのではなく、交尾しているのか。座っているゴブリンたちは、微動だにしないかというと、そうじゃない。口を動かしている。何か咀嚼《そしゃく》しているらしい。

よく見ると、うずくまって食事中のゴブリンは、同じゴブリンを食べていた。死んでしまった仲間に噛《か》みついたり、肉のついた骨や内臓をほじくり出したりしているのだ。

「門を閉める。急ぐよ！」

ヨリも穴の底のゴブリンたちの様子を目の当たりにしたはずなのに、まったく動じていないようだ。リヨと二人で開けた片側の門扉を引っぱり、閉めようとしている。わざわざ閉めるつもりなのか。

「……え？　なんで？」

疑問に思いながらも、マナトも二人に手を貸した。ハルも手伝ってくれたので、門扉はすぐに閉めることができた。

「ここでやりすごす気か……？」

「とりあえずね」

閉め終えると、ヨリはさっさと門から離れた。

「状況次第だけど、キャランビットとウーシャスカを呼ぶ手もある。あの子たちはまだ成長しきってない若い翼竜だし、二人乗りはきついけど、短い距離なら飛べなくはない。自分の目で、しっかりと見ておきたかったし——」

ヨリは穴の縁をすたすたと歩いてゆく。足を進めながら、ヨリは養殖場のゴブリンたちを見すえている。

姉に従うリヨは、穴の底に目をやったり、前を向いたりだ。直視しつづけるのがつらいのかもしれない。

マナトもショックを受けていた。

檻車のゴブリンたちを見た段階で、ある程度、予想はついていたが、想像していたよりも悪い。悪いとかいいとか、そういう問題なのか。ここまでひどいなんて。むしろ、不思議だ。ゴブリンたちはなぜ生きているのだろう。こんな場所で生きられるものなのか。

人間なら、と考えてしまう自分がいた。人間だったら、とうてい生きられない。絶対、死んでしまう。ここで生きているゴブリンは、果たして自分たちと同じ人間なのか。人間だと言えるのか。たとえば、マナトはあのゴブリンの中の一人と仲間になることができるだろうか。ヨリに怒られそうだが、無理なんじゃないか。

だって、穴の底のゴブリンたちは、ヨリやリヨ、マナト、ハルのことを、まるで気にしていないようだ。

こっちを見上げるゴブリンもいないわけじゃないが、多くはない。穴の底に何人のゴブリンがいるのか。数十人ではきかない。数百人か。もっとなのか。いずれにせよ、たまにマナトたちに視線を向けるゴブリンがいても、すぐ目をそらしてしまう。

べつにどうでもいいから、気にならないのか。

そんなわけがない。同じ人間なら、気になるはずだ。

彼らをとって食う隷兵《れいへい》や隷属じゃなく、見覚えのない人間たちが、こうやって養殖場に入ってきたのだ。あいつらは何者だ。どういうことなのか。何が起こっているのだろう。そんなふうに考えないのは変だ。だいたい、ちょっと前に彼らの仲間が連れ去られている。どうして何事もなかったかのように、仲間の死体を食べたり、寝転がったり、交尾したりしていられるのか。

「E'Lumiaris, Oss'lumi, Edemm'lumi, E'Lumiaris,……」

「Lumi na oss'desiz, Lumi na oss'redez, Lumi eua shen qu'aix,……」

「Lumi na qu'aix, E'Lumiaris, Enshen lumi, Miras lumi,……」

「Lumi na parri, E'Lumiaris, Me'lumi, E'Lumiaris.……」

帰依者たちの歌声が降り注ぐように聞こえてくる。これだって、ゴブリンたちにとっては異常事態のはずだ。聞こえていないということはありえない。怯《おび》えたり、騒ぎたてたり、何か少しくらいは反応してもいい。反応しないなんて、おかしい。

「……ゴブリンたちは」

ハルが呟《つぶや》くように言った。

「ここで生まれて、ここで死ぬか、出荷されて食われてしまう。並の生き物は、繁殖するどころか、生きながらえることすらできない環境に……たまたま、適応できてしまった。彼らはとてつもなくタフな種族で、どんなところでも子孫を残してゆける。その特性が、暗黒神スカルヘルの隷属に利用された……」

ヨリが足を止めた。もうすぐ壁の角だ。リヨとマナト、ハルも立ち止まった。ヨリは振り返らなかった。

「考えてみた」

「ヨリがここで生まれて、ここで育ったら。みんな、死んじゃった仲間の死体を食べて生きてる。だったら、ヨリもそうする。外に出たいと思っても、穴から出ようとしたら、見張りにつかまって食べられる。だから、そんなことはしない。そんなことは考えないようにする。たまに隷兵がやってきて、仲間を連れていっちゃう。逆らったところで、食べられるだけだし、おとなしくしてるしかない。連れていかれるのは、自分かもしれない。いやがって精一杯暴れても、どうせかないっこないから、そのときが来たらもうしょうがない。どうせ、ずっとここにいても、仲間の死体を食べて、そのへんに排泄《はいせつ》して、眠って、また仲間の死体を食べて、その繰り返しだし。死ぬか、食べられるまで、生きるだけ。ただそれだけ。ヨリがここで生まれてたら、きっとそうだった。ヨリも同じだった。今のヨリみたいにはなれない。ヨリは、たまたまひいお祖母《ばあ》ちゃんの曽孫《ひまご》として生まれて……リヨがいて、他のきょうだいもいて、周りにいろんな人たちがいてくれて、それで、こうなった。こうなることができた。だけど、もしここで生まれていたら、何もかも違ってた。ヨリも、あのゴブリンたちと同じだった」

マナトはどうだろう。

自分だったら違う、と言えるだろうか。

そうは思えない。

マナトだって、ここで生まれていたら同じだった。いつも笑っている両親に育てられ、二人に守られて暮らしていたから、マナトはいつだって笑える。死ぬ寸前まで笑っていた両親や、ジュンツァたちのおかげで、マナトはマナトとして生きているのだ。

「E'Lumiaris, Oss'lumi, Edemm'lumi, E'Lumiaris,……」

「Lumi na oss'desiz, Lumi na oss'redez, Lumi eua shen qu'aix,……」

「Lumi na qu'aix, E'Lumiaris, Enshen lumi, Miras lumi,……」

「Lumi na parri, E'Lumiaris, Me'lumi, E'Lumiaris,……」

歌声は響き渡るほど大きい。

帰依者たちは近くまで来ている。

ひょっとしたら、壁のすぐ向こうにいるかもしれない。

「自由になりたいとか、状況を変えたいとか、自分自身が変わろうとか――」

ヨリはマナトたちのほうを振り向いたのではなく、穴の底に目をやった。

「そんなふうに考えること自体、あの人たちには難しいのかもしれない。あの人たちを救うには、どうしたらいいの。ヨリにはわからない。でも、ここから出たゴブリンが子供を生んだら、その子たちは親とは別の生き方ができるかもしれない。少なくとも、ここで生まれてここで死ぬよりは可能性がある。やっぱりヨリは、一人でも多くのゴブリンをここから出したい」

「……外の世界に解き放って、あとは彼ら自身に委ねるのか」

ハルがうつむいて言った。ヨリに反論したわけじゃないと思う。自分自身に問いかけているような口調だった。

「ね」

マナトはハルに尋ねた。

「ハルはどうしたいの？」

「……おれには、望みなんてない。何も――」

「だったら、何もしたくない？」

「……そうじゃないが。いや……そうだな。実際、ずいぶん長い間、おれは無為に過ごしてきた。何もしてこなかった」

「それはどうして？」

「おそらく、こんな……おれのような者にできることなんて、何もない。そう感じていたからだろう」

「そっか。ハルはずっと一人だったんだもんね」

「うん。でしょ？　こっちはあんまりないんだけど。一人だったのって、父さんと母さんが死んだあとくらいかな。あのときはなんか、変な気分だった。でも、すぐジュンツァたちと会って、仲間ができたら、ぜんぜんそんなことなくなってさ。一人だと、話したりとかもできないし、つまんなくて、やばくない？」

「……まあ。たしかにな」

「けど、ハルはもう一人じゃないからね。どっか行けって言われるまでは、一緒にいるつもりだから」

「どこかへ行けなんて、言うわけが――」

不意にハルが口をつぐんだ。

静かになった。歌だ。

あれだけやかましく鳴り響いていた歌声が、急に止《や》んだ。

まだ日は沈んでいないはずだが、壁のせいでやけに暗く感じる。

静寂が重くのしかかってくるようだ。

歌声は過ぎ去って聞こえなくなったのではない。むしろ最高潮だったと思う。つまり、帰依者たちは養殖場に最接近している。ここからは見えないが、門の付近を通過しようとしていたのではないか。

「……一人」

帰依者たちは歌うのをやめただけなのか。今も無言で行進を続けているのだろうか。

耳を澄ましても、足音のようなものは聞こえない。隔てる壁もあることだし、聞こえなくてもおかしくはない。でも、帰依者たちの列は動いていない。なんとなくだが、マナトにはそう思える。

「……かりぃ……かりぃ……」

声が聞こえた。

たぶん、男の人の声だ。

ハルが左手の人差し指を立てて、右の掌をマナトやヨリ、リヨに向けた。静かに、動くな、という合図だろう。

もっとも、指示されるまでもなく、マナトは身動きもできずにいた。なぜかはわからないが、体がこわばっている。呼吸もちゃんとできない。

怖いのだろうか。怖いのは嫌いじゃない。

恐怖とは違う。だったら、この感覚は何なのか。

「ひっかりぃ……ひっかりぃ……ひっかりぃ……」

光。

男の人の声は、光、という言葉を繰り返しているようだ。ただ光と言っているのではなく、節をつけて歌っているのか。

「ひっかりぃ……ひっかぁーりぃ……ひっかりぃー……ひかりぃ……ひかりーぃ……」

何か、からかっているような、悪ふざけをしているような調子にも聞こえる。帰依者たちの合唱とはまったく違う。

「……っ……ぇっ……ぇっ……ぅっ……っ……っ……」

笑っている。

男の人は歌うのをやめて、笑いだした。

「あっ、はっ、はっ、はっ……ひぃーっ、ひっ、ひっ、ひっ……うっ、っ、っ……」

笑い声がマナトの体の中に入りこんできて、肺や心臓や胃を握り潰そうとしている。そんなわけがないのに、そう感じる。

「光よォォォォォ……！」

男の人が、今度は叫びだした。

「光だアアアアアアアアアアアア……！」

「ひ、か、り」

別の声が続いた。一人とか二人とかじゃない。帰依者たちか。

「ひ、か、り」

「ヒ、カ、リ」

「ひっ、かっ、りっ」

声だけじゃない。帰依者たちが地面を踏んでいる。光、光、光、と唱えながら、踏み鳴らしている。

「ひっ、かぁっ、りぃっ……！」

男の人も声を張り上げる。彼の声は他の帰依者たちの声とは違っていて、簡単に、はっきりと区別できる。

「ひ、か、り」「ヒ、カ、リ」「ひっ、かっ、りっ」

「ひっ！　かぁっ！　りぃぃっ……！」

震えている。地面が。いや、地面だけだろうか。壁か。

壁だ。

養殖場の壁が振動している。

「ひ、か、り」「ヒ、カ、リ」「ひっ、かっ、りっ」

「ひっ！　かぁっ！　りぃぃっ……！」

声以外に音がする。かなり大きな音だ。叩《たた》いている。壁を、何かが。外側からだ。あたりまえか。マナトたちは養殖場の中にいるのだ。内側からは、誰も、何も、壁を叩いたりしていない。

「ひ、か、り」「ヒ、カ、リ」「ひっ、かっ、りっ」

「ひっ！　かぁっ！　りぃぃっ……！」

誰かが、何者かが、壁の外側、おそらく門の近くあたりに、何らかの方法で衝撃を加えている。

「ひ、か、り」「ヒ、カ、リ」「ひっ、かっ、りっ」

「ひっ！　かぁっ！　りぃぃっ……！」

一撃ごとに、壁が揺れる。ぎっしり、ぎっちりと積まれている石と石の間から、塵《ちり》が噴きだす。

「ひ、か、り」「ヒ、カ、リ」「ひっ、かっ、りっ」

「ひっ！　かぁっ！　りぃぃっ……！」

石がずれそうだ。

というか、ずれはじめている。

「離れるぞ」

ハルが身振りで遠い角を示して、マナトの背中を押した。

「破られる。もたない。すぐだ。離れろ、早く……！」

ヨリとリヨが駆けだした。マナトも走った。足がもつれなくてよかった。ハルは最後尾についた。

「ひ、か、り」「ヒ、カ、リ」「ひっ、かっ、りっ」

「ひっ！　かぁっ！　りぃぃっ……！」

壁が砕け散った。もちろん、壁全体じゃない。門の近くのほんの一部だ。そうはいっても、養殖場内に飛び散った石の量といったら半端じゃなかった。いったい何をどうすれば、あの石壁があんなふうに壊れるのか。

マナトたちは一番近い角を曲がって、その先の角を目指していた。さすがに度肝を抜かれたのか、穴の底のゴブリンたちがわめいたり右往左往したりしている。

「ひ、か、り」「ヒ、カ、リ」「ひっ、かっ、りっ」

「ひっ！　かぁっ！　りぃいっ……！」

また壁が破壊されて、一回目と同じくらいの石が撒《ま》き散らされた。石は穴の中にも落ちてゆく。石の直撃を受けて倒れるゴブリンもいる。

「ひ、か、り」「ヒ、カ、リ」「ひっ、かっ、りっ」

「ひっ！　かぁっ！　りぃいっ……！」

「ひ、か、り」「ヒ、カ、リ」「ひっ、かっ、りっ」

「ひっ！　かぁっ！　りぃいっ……！」

壁はどんどん突き崩されてゆく。マナトたちが通りすぎた角のほうめがけて破壊は進行している。粉塵《ふんじん》が立ちこめているせいで、壊れた壁の向こうはよく見えない。

「ひっ！　かぁっ！　りぃいっ……！　ひっ！　かぁっ！　りぃいっ……！」

これは帰依者たちの仕業なのか。そうじゃないのか。

もしかして、あの声の男が一人でやっていることなのか。そんなことができるのか。

遠かった角が、もうそこまで遠くない。

穴の底のゴブリンたちは、とにかく門から遠ざかろうとしている。這《は》い登って穴を出ようとしているゴブリンもいる。逃げようとしているとか、ここから逃げだそうとしているというより、パニックに陥っているようだ。

「ヨリ、リヨ！　竜を呼べ……！」

ハルが前を行く二人に言った。

「あの人は──あれは、普通じゃないんだ！　戦ってどうにかなる相手じゃない……！」

「ひっ！　かぁっ！　りぃぃっ……！　ひっ！　かぁっ！　りぃぃっ……！」

だいぶ離れたのに、まだ男の声が聞こえる。男が、光、と発声するごとに、養殖場の壁が壊されてゆく。

ヨリとリヨが竜笛を出した。二人は足を止めずに竜笛を口に当てて吹いた。笛の音は聞こえないけれど、吹いているのだと思う。

「ひっ！　かぁっ！　りぃぃっ……！　ひっ！　かぁっ！　りぃぃっ……！」

男の叫び声と、壁がぶっ壊れる音しか聞こえない。

壁はもう、マナトたちが通りすぎた角のあたりまで崩壊している。大半のゴブリンは穴から這いだそうとしている。

遠かった角が間近だ。

「時間が掛かるか……!?」

ハルが声を張り上げて訊《き》いた。たぶん、キャランビットとウーシャスカ、翼竜が飛んでくるまで、まだ時間が掛かりそうか、ということだろう。ヨリが首を横に振ってみせた。

「山にいたはずだから、まだ……！」

「わかった、突き当たりで竜を待とう！」

「ひっ！　かぁっ！　りぃぃっ……！　ひっ！　かぁっ！　りぃぃっ……！」

男は叫び、壁は壊されている。

マナトたちはとうとう突き当たりの角まで来た。

「ヨリ」

リヨがヨリに声をかけて頭上を指し示した。マナトもその方向を見上げてみた。いる。飛んでいる。

一頭だけか。いや、二頭いる。

きっと翼竜だ。キャランビットとウーシャスカに違いない。

ヨリはあたりを見回した。何か考えている。すぐに結論が出たみたいだ。

「ここには下ろせない、壁を越えないと」

「登れ！」

ハルは、行け、とばかりに手を振った。ヨリが、リヨも、壁をよじ登りはじめる。マナトも二人に続いた。ハルはマナトのあとで登りだしたはずなのに、登りきったのは同時だった。ヨリとリヨは壁の向こう側を少しだけ伝い下りると、そこから飛び降りた。マナトは上から一気に飛び降りたくてうずうずしたが、考え直してヨリとリヨの真似《まね》をした。ハルはちょっとだけマナトに遅れて壁の向こうに着地した。

ヨリとリヨは壁から離れて、いくらか開けた場所に翼竜を呼び寄せようとしている。といっても、そろそろ日が暮れそうな空を仰いで、片手を挙げているだけだ。もっと何かしなくていいのか。

あれだけで問題ないらしい。キャランビットとウーシャスカはぐるっと旋回してきたようで、南寄りの西のほうから飛んできた。速度を緩めながら降りてきて、二頭とも滑らかに着地した。勢い余ってつんのめることも、たたらを踏むこともない。翼竜たちはまるで事情を察しているかのように翼を畳みきらないで、さあ乗れ、とばかりに体勢を低くした。キャランビットには当然、ヨリが、ウーシャスカにはリヨが乗った。

「マナトはウーシャスカに！　ハルヒロはヨリとキャランビットに乗って！」

ヨリが指示した。ハルは返事もそこそこにヨリの後ろに乗った。何人も乗れるような竜では本来ないみたいだから、できるだけくっついたほうがいいのだろう。ハルは遠慮がちだったが、ヨリがハルの腕を摑《つか》んで、こう、それから、こう、という具合に、ヨリのお腹《なか》にしっかりと両腕を回させた。マナトもそうしようとしたら、リヨに肩をがっちりと押さえられた。

「前に」

「あぁ。後ろじゃなくて？」

マナトが確かめると、リヨはうなずきながら繰り返した。

「前に」

「うん、前ね！」

マナトがウーシャスカにまたがろうとすると、リヨは体を後ろにずらしてスペースを作ってくれた。竜の背に直接乗るわけじゃない。革か何かでつくられた鞍《くら》が固定されている。人はそこに乗るのだ。もっとも、やはり一人乗りしか想定されていないようで、マナトがぎりぎり前に詰めても、リヨのお尻は鞍からはみ出しているのではないだろうか。そんなこともないのか。どうなのだろう。

後ろからリヨの体が倒れかかってきて、マナトの背中とリヨの体の前面がぴったりと接した。リヨはマナトより背が高い。リヨの顎がマナトの右のこめかみあたりに当たっている。この状態だと、リヨの上半身は右側にやや傾いているだろう。それはあまりよくなさそうな気がしたから、マナトは首を左に曲げた。これでリヨは顔をまっすぐ正面に向けられるはずだ。

「ありがとう」

リヨが小声で呟《つぶや》いた。耳許《みみもと》で囁《ささや》かれる形になって、くすぐったかった。

「飛んで、ウーシャスカ」

翼竜に命じるリヨの声音はどこまでもやさしくて、今度はくすぐったいのとは違う、なぜか心臓がどきっとした。

ウーシャスカが走りだすと、リヨの体がマナトから少し離れた。

「マナトはしがみついたままで」

「うん」

びっくりするほど上下動が激しい。でも、必死にしがみついているだけなら、なんとかなりそうだ。

マナトと違って、ヨリは翼竜の動きに合わせて体勢を変えているのか。それでいて、頭の位置はあまり変化しない。マナトの頭頂部のやや右あたりに、リヨの顎が押しつけられている。鞍は座る部分だけじゃなくて、乗り手が足を掛けるところや、竜の首のほうにせり出して、そこから突き出た握りのようなものもある。リヨは足掛けに両足を引っかけ、握りを摑んで、腰を上下させているようだ。翼竜の動作に合わせている。人間を乗せている翼竜の負担を、少しでも減らそうとしているのだろう。マナトは自分の体重に加えて、ただしがみついていることしかできないから、ウーシャスカの重荷になっている。

「ごめん、ウーシャスカ……！」

すまないとは思うけれど、今すぐ何ができるというわけでもない。マナトがリヨの真似をしたところで、かえってウーシャスカの妨げになるだろう。

「大丈夫」

リヨが囁いた。

「ウーシャスカにできないことは、させないから」

ぞくぞくっとした。

ウーシャスカが一段と強く地面を蹴った。

今、飛んだ。

竜に乗るのは初めてだし、空を飛んだことがないマナトでも、はっきりとわかった。

ジャンプするのとは明らかに違う。

飛ぶって、こういうことなんだ。

ぐいぐいと、持ち上げられているようでもあり、引っぱり上げられているようでもある。

どちらともとれる。

「わぁっ……！」

マナトは思わず叫んでしまった。

「気持ちいい……！」

リヨが笑ったような気がした。笑い声が聞こえたわけじゃない。リヨの顔も見えない。でも、そんな気がした。

リヨとウーシャスカに迷惑をかけたくない。マナトはひたすらウーシャスカに取りすがっている。できることなら一体化してしまいたい。頭を動かせないから、どうしても視野がかなり狭くなる。ウーシャスカが飛んでいるのは間違いないが、どのくらいの高さの、どこをどんなふうに飛んでいるのか、正直よくわからない。ヨリとハルを乗せたキャランビットも見えないし、色々と気になる。いっそ目をつぶっていたほうがいいだろうか。

「ひっ！　かぁっ！　りぃぃっ……！　ひっ！　かぁっ！　りぃぃっ……！」

「——え……」

男の声が聞こえる。

「ひ、か、り」「ヒ、カ、リ」「ひっ、かっ、りっ」

それに、帰依者たちの声も。

この、どかん、という轟《とどろ》きは、壁を破壊する音か。

「あっ——……」

ウーシャスカは降下しているようだ。考えてみると、もちろんずっと飛んではいるが、上昇しつづけていたわけじゃない。けっこう上がったり下がったりしていた。ぐるっと回っていたような感じもする。前のほう、どれくらい前なのか、ちょっと距離感が摑めないが、とにかく前方にキャランビットがいる。ウーシャスカはキャランビットのあとを追っているのだろう。地上の見え方からすると、そこまで高くない。

というか、低い。このまま落ちてしまうんじゃないかと思えるほど低くて、マナトはつい笑ってしまった。

「もしかしてっ——……」

あれは上から見る養殖場なのか。ウーシャスカは上空から養殖場に突っこんでゆこうとしているのだろうか。突っこむというほど急角度で降りてはいないか。養殖場の壁はたぶん、三分の一以上壊されている。帰依者たちが見えた。砦跡《とりであと》には何百人もいたとハルが言っていた。たしかにそれくらいはいそうだ。破壊された壁の外側にうじゃうじゃいる。男の声がしない。聖者は壁を壊すのをやめたのか。あれか。

まだ崩壊していない壁の手前あたりに、何かが立っている。

人、なのか。

あれが聖者なのだろうか。

姿、というか、形、というか。ひどく奇妙だ。上半身は逆三角形で、その左右の上端から、腕らしきものが垂れ下がっている。腕というよりも、大きな金槌《かなづち》みたいなものが。逆三角形の下端からやけにほっそりした二本の脚が生えていて、頭はあるようでもないようでもある。

聖者は体をねじって、見上げているのか。どこが顔なのか、目があるとしたらどこについているのか、マナトにはわからないが、こっちを見ているように感じられた。

「はっ！　はぁっ！　はぁぁっ……！」

あの声だ。光、光、と叫んでいた男の声。あれと同じ声だ。

「ハルヒロかぁ!?　おまえハルヒロだなぁ……！　光が恋しいか、ハルヒロォォ……！」

ヨリとハルを乗せたキャランビットが、そして、リヨとマナトを乗せたウーシャスカが、間を置かずに聖者の頭上を通りすぎた。

マナトの体感では、翼竜たちはすれすれのところを飛んだ。聖者が跳び上がって翼竜を叩《たた》き落とそうとするんじゃないか。

ただ、実際は意外とそこまで降下していなかったのかもしれない。聖者は何もしてこなかったし、キャランビットもウーシャスカもみるみる高度と速度を上げて、マナトは逆に高すぎて怖くなった。高いし、速い。速いって。

「何がそんなに楽しいの」

リヨが耳許で囁いた。

「ひゃはっ」

マナトは思わず奇声を発した。

「……ちょっと、リヨ、それやめて!?」

「それとは何」

「ひひっ、だ、だからっ、くすぐったいから……！　くふふっ……」

「ごめんなさい」

「や、謝ることないけど！　きゃははっ……うぅ、なんか変な感じになってきた……大丈夫、我慢するから！　くくくっ……」

11・仲間だよ

　翼竜は速い。人が走って追いつけるような速度じゃない。だから大丈夫だとは思うのだが、まあ念のため、ということだろう。ヨリとハル、リヨとマナトを乗せたキャランビットとウーシャスカ、二頭の翼竜は、まっすぐ方舟《はこぶね》に向かわないで、南の方角へと飛んだ。南には天竜山脈がそびえている。翼竜たちと姉妹は、あの山々を越えてはるばるグリムガルにやってきたのだ。今さらだけれど、それってものすごいことなんじゃないかとマナトは思った。だって、天竜山脈は空よりも高い。いや、空はどこまで高く昇っても空だろうし、空より高いということはないか。でも、翼竜たちはかなり高いところを飛んでいるはずなのに、天竜山脈は行く手に立ちはだかっている。あんなもの、どうやったら越えられるのだろう。無理じゃない？　けれども翼竜たちと姉妹は実際、あの山を越えてきたのだ。信じられない。信じていないわけじゃないのだが。やばい。やばすぎる。

　翼竜たちは天竜山脈の麓に広がる森の中に着地して、マナトたちを降ろした。そのころにはもうだいぶ暗くなっていた。ヨリとリヨは、キャランビットとウーシャスカをひとしきりかわいがると、翼竜たちを行かせた。姿が見えなくなるまで、何回も何回も振り返ってヨリとリヨを確認する翼竜たちの仕種《しぐさ》が、なんとも言えず愛らしかった。マナトも竜を飼ってみたい。ただ、卵を孵《かえ》すところから世話しないと竜は懐いてくれないという話なの

で、さすがに難しそうだ。天竜山脈にはそうとうな種類、かなりの数の竜が棲息《せいそく》している
らしいけれど、人が飼育できる竜はとても少ない。きわめて限られているらしい。

「天竜山脈を越えて連合王国の竜飼いに弟子入りするのが、結局のところ一番の早道なんじゃない？」

　方舟を目指して歩きながら、ヨリがそう助言してくれた。

「早道かぁ。ううん。それ、早道なの？」

「急がば回れという言葉がある」

　リヨが解説してくれた。

「急ぎたいときは、危険な近道をするより、遠回りでも確実な道を選ぶべき。結果的には、そうしたほうが早く目的地に着く」

「そっかぁ。じゃ、ヨリやリヨみたいに竜を飼いたかったら、いつか連合王国に連れてってもらうしかないんだね。けど、キャランビットやウーシャスカは、二人乗りで天竜山脈を越えられる？」

「無理」

　ヨリが即答した。

「えぇ。じゃ、できないってことか。ううん。しょうがないね。あっ。左目、隷兵《れいへい》にぶん殴られて見えなかったんだけど、なんか見えるかも。治ってきたかな？」

「……まったくすごい回復力だな」

ハルは感心しているというよりも呆《あき》れているようだ。マナトは笑った。

「やぁ。ハルには勝てない気がするよ？」

旧オルタナに帰りついたのは、完全に夜の帳《とばり》が下りてからだった。マナトは夜目が利くほうだが、それでもハルの案内なしでは道に迷っていただろう。

丘を登る途中に何かいるような感じがした。マナト一人じゃなくて、ハルがいて、ヨリとリヨもいる。それ以外に何かいるんじゃないか。でも、具体的にどこかで何かが動いている、物音がした、何かを見た、ということではなかった。だいたい、そこらじゅうで虫が鳴いていて、ちょっとやそっとの物音ではたぶん聞きとれない。こう暗いと、丘の上の方舟や、斜面に散らばっている白い大きな石、前を行くハル、そばにいるヨリやリヨの姿くらいしか見分けられない。

ハルやヨリ、リヨの様子はとくに変わらない。ということは、何も感じていないのだろう。マナトの気のせいかもしれない。

だが、丘を登りきっても、えも言われぬ何かがいる感じは消えなかった。

「あのさ」

マナトが声をかけると、ハルは「ああ」と応じて振り返った。

「わかってる。何かいるな」

「ええ。わかってたの？」

「そりゃそうでしょ」

ヨリが言うと、リヨもうなずいた。マナトは笑ってしまった。

「何だ。気づいてたなら言ってよ。誰も言いださないから、気のせいなのかと思った」

「どう思う？」

ヨリがハルに尋ねた。ハルは丘の斜面をうかがっているみたいだ。

「帰依者や隷属ではなさそうだが。彼らは、何というか、もっと直接的だ」

「直接的……」

どういう意味だろう。マナトは首をひねった。

それを見つけたのは偶然だった。なんとなく白い石を適当に見回していたら、たまたま目にとまったのだ。

白い石から何かが顔を出している。マナトには、何か、としか言えない。暗いせいで、はっきりとは見えない。その輪郭さえもよくわからない。ただ、顔を出している、というふうに思った。つまり、そう小さくはない、生き物だと。

「……ゴブリン？」

見えたわけじゃないから、なぜその言葉を口にしたのか、マナト自身、見当もつかない。勘と言えばそうなのだろう。

「ゴブリンじゃない？　ねえ――」

マナトが足を踏みだした途端、それは動いた。身をひるがえして、逃げたのだ。なかなかすばしっこい。マナトは走りだそうとしたが、思いとどまった。見れば、ハルも、ヨリも、リヨも、追いかけようとしていない。

「たしかにゴブリンだな」

ハルは仮面越しにマナトよりも鮮明にその姿をとらえたらしい。確信を持っていそうな口ぶりだ。

「養殖場の？」

ヨリはゴブリンが逃げていったほうに目をやっている。ハルはうなずいた。

「それしか考えられない。隷属が養殖場を建設しはじめて以来、このあたりでゴブリンを見かけたことはないからな」

「だったら、言い方はあれけど、放っておいても害はないよね」

「何か不都合が生じるとは思えない」

「生き延びてくれるといいけど」

「幸か不幸か、聖者が帰依者の一団を率いてダムローを攻めている。隷属たちには、養殖場から逃げたゴブリンを探す余裕なんてないだろう。それに、おれたちが追いかけたところで、かえって怖がらせてしまうかもしれない」

「ううん……」

マナトの中には何か割りきれないものがあった。でも、何がどう割りきれないのか。判然としない。

「まあ、せっかく逃げたのに、また追いかけられたら、怖いか。だよね……」

†

『……ピヨピヨ……ピヨピヨ……』

聞き覚えのある音だ。

目が覚めてからそう思ったのか。それとも、そう思ってから目が覚めて、その音が聞こえることに気づいたのか。どちらかはわからない。

ぱっと目を開けると天井が見えた。カリザの家じゃない。あたりまえか。ここはニホンじゃない。マナトはグリムガルにいる。なんでグリムガルに？　何があったのか。そこがわからない。みんなそうなのだと、ハルが言っていた。だったらしょうがない。とにかくここはグリムガルだ。方舟の中の一室。ハルが用意してくれた。マナトの部屋だ。

『ピヨピヨ……ピヨピヨ……』

「ていうか、この音……」

変なの、と思いながら起き上がった。ベッドから下りて、ドアのほうへ向かう。ドアを解錠して開けると、通路にヨリとリヨが立っていた。

「わぁ、また裸……！」

ヨリは顔をそむけたが、リヨは両目を瞠《みは》ってマナトを凝視している。というか、愕然《がくぜん》としているのかもしれない。マナトは股間に両手を当てた。

「ごめん。寝てたから」

「なんで裸で寝るの？　そういう主義なの……？」

「やぁ。そんなことないけど。何だろ。あぁ、そうだ、シャワー浴びたらすごい気持ちよくて、それで出たあとベッドに寝転がったら、そのまま寝ちゃってた」

「風邪をひくといけないので寝るときは何か着たほうが」

リヨが低い声で言った。まだマナトを見つめている。リヨの視線はマナトの顔じゃなくて臍《へそ》のあたりに注がれているみたいだ。なんとなくマナトもそのあたりに目を落とした。体のある部分が両手で覆いきれておらず、ひょこり顔を出していた。

「あ……」

ただの裸ならともかく、その状態を見られるのはちょっと気恥ずかしい。マナトは後ろを向いた。

「朝はなんか、こうなったりするんだよね。朝だけじゃないけど。ごめん……」

朝ご飯はハルの部屋で食べた。食事をしながら、これからどうするのか、という話をみんなでした。

†

ヨリはとりあえず、ダムローの養殖場をすべて潰してゴブリンを解き放ちたいようだ。リヨはヨリに従う。マナトとしても、養殖場をあのままにしておくのはいいことだと思えないので、とくに異存はない。ハルは、それはそれとして、ダムローの状況を把握するのが先決だという意見だった。その点についてはヨリも反対しなかった。

「聖者率いる帰依者の一団と、ダムローの隷属たちが戦闘状態に突入してるとしたら、養殖場の警備が甘くなるかも。付け入る隙があるなら、利用しない手はないし」

マナトは昨日、檻車《かんしゃ》を奇襲したときに剣と短剣をなくしてしまった。あの場所に戻ればまだ落ちているかもしれないが、回収するにせよ手ぶらで行くわけにもいかない。結局、ハルに頼んでまた倉庫に連れていってもらい、太刀とかいう長めの刀とナイフを借りることにした。

方舟を出る前にコントロールに行って、出入り登録という手続きをした。ハルに言われるまま、機械に手を置いたり、コントロールの誘導に従って声を出したり、しばらくじっとしていたりしただけだが、これでマナト、ヨリ、リヨの三人は、ハルがいなくても方舟《はこぶね》に出入りできるらしい。本当は出入り登録じゃなくて、何とかかんとか認証登録みたいな名前があるようだが、わかりづらいので出入り登録と呼んでいるのだとか。

出入りする具体的な方法もハルが教えてくれた。

方舟から出るのは簡単だ。通路の突き当たりの扉を開けて、そこから外に出るだけでいい。そうすると、出た者は方舟の前に現れる。

入るのは、そう難しくはないけれど、少しこつがいる。方舟の外壁の決められた場所に手をついてコントールに呼びかけ、開け門、もしくは、オープンゲート、と言う。これは、コマンド、というらしい。そうすると、外壁の一部がしゅっと開いて、真っ暗な四角い穴が出現する。そこを抜けた先は、方舟の中にある通路の突き当たりの扉の前だ。この、手をつく決められた場所、というのが、よくよく見るとほんの少しへこんでいてそれとわかるのだが、そんなものがあると知っていなければまず気づかない。

ハルが言うには、出入口をまた別の形式にすることもできる。でも、手をつく場所さえ覚えてしまえば、とりたてて不便はなさそうだ。

携行食、水なども持ってきたし、準備万端、ダムローに向かおうとしたら、マナトは何かを感じた。何かというか、丘の斜面に散らばる白い石の一つから、ゴブリンが顔を出している。

「あっ。もしかして、昨日の……?」

念のため、マナトはあまり大きな声を出さなかった。あからさまに指さしたりもせず、目線でハルやヨリ、リヨにゴブリンが隠れている白い石を示した。隠れている、わけでもないか。ゴブリンは白い石から顔全体を飛びださせて、明らかにこっちを見ている。

「昨日と同じ子かどうかまでは、わからないけど」

ヨリは小首を傾《かし》げた。

「一人みたいだし、その可能性は高そう、かな」

リヨは思案げだが、何も言わない。ハルもなんとなく戸惑っているようだ。

「ううん……」

マナトがここから動くと、ゴブリンはまた逃げてしまうかもしれない。だから、足の置き場を変えずに、じっくりとゴブリンを観察してみた。

肌の色は、やはりオークよりも黄色っぽいだろうか。でもまあ、緑色だ。髪の毛は生えていない。眉毛もない。わりとつるんとしている。目はマナトやヨリ、リヨとはけっこう違う。黒目がちというか、白目がほとんどない。鼻から口まで前方にせり出していて、鼻の穴は横向きで細長い。口は大きくて、四本の犬歯がはみ出している。耳がずいぶん大きい。顔の両側に張りだしていて、先が尖《とが》り、垂れ耳気味だ。

「やぁ……ちょっと……ううん……」

マナトは腕組みをした。

「どうかしたの？」

ヨリに訊《き》かれた。

「うん。どうかっていうか。どうだろ。区別とかはつかないしなぁ」

「区別」

リヨが呟《つぶや》いた。いくらか眉をひそめてゴブリンを見つめている。ゴブリンが怯《ひる》みはじめた。マナトに見られるのは平気でも、リヨに直視されると気まずいのか。

「よし」

マナトはうなずいて、背中に鞘《さや》ごと斜めがけしている太刀に手をかけた。途端にゴブリンがびくっとした。マナトは笑って首を横に振ってみせた。

「違う、違う。そうじゃなくて。外すから。外す。言うより、あれか、やってみせたほうがいいよね」

太刀を外し、屈《かが》んで地面に置いてみせる。それから、腰に下げていたナイフも、太刀の隣に並べた。マナトは両手を大袈裟《おおげさ》に挙げてみせた。

「武器、持ってない。わかる？　何もしないから。いい？　そっち、行くよ？　ゆっくり行くから。いやだったら、すぐ言って。言われても、あれだけど……じゃ、行くよ？」

「マナト……？」

ヨリに声をかけられた。マナトはあえて無視した。

一歩一歩、慎重に、ゴブリンが隠れている白い石に近づいてゆく。両手は挙げたまま下ろさない。

ゴブリンの黒い瞳がマナトを見すえている。何を考えているのか。どう思っているのか。マナトにはうかがい知れない。ただ少なくとも、ゴブリンは逃げださない。今のところは。もしマナトが急に駆けだしたら、やはりゴブリンは逃げてしまうだろう。マナトは完全に無害だと、信じてくれているわけじゃない。そんな気がする。

ようやくあと一歩か二歩で、ぎりぎりゴブリンにさわれそうなところまで来た。

マナトは地べたに腰を下ろした。もちろん、両手を挙げたままだ。

「何もしない。これだと、できないし。あのさ、たぶんだけど、昨日、助けてくれたよね。あのときのゴブリンでしょ？　マジでほんとにありがとう。ありがとう……わかる？　えと、だから……感謝してる。感謝。ううん、どうしたら伝わるかなぁ」

マナトは頭を下げてみた。

「ありがとう」

上目遣いでゴブリンの様子をうかがう。何だこいつ、何してるんだ、というふうにマナトを見ている。だめか。それじゃあ、とばかりに、マナトは頭だけじゃなくて上半身を倒した。両手が地面につくまで倒しきった。

「ありがとう。昨日、きみが助けてくれなかったら、死んでたかも。きみのおかげで生きてる。ありがとう」

顔を上げる。どうだろう。ゴブリンは少し首をひねって、面食らっているのか。これもだめか。

「ええっとぉ、だからね……」

マナトは体を起こし、胸に両手を当ててから、ゴブリンに向けた。

「心から、ありがとう！　心の底から！　マジ感謝！」

「……ウォ？」

ゴブリンは何か小さな声を出した。おそらくだが、理解した、という声の出し方じゃない。むしろ、少々動揺しているようでもある。

「……うう。意味不明かぁ。そっかぁ。そりゃそうだよね。あっ、そうだ！」

名案を思いついた。言葉が通じない。頭を下げるような身振りもいまいちだ。それなら、昨日の模様を再現してみてはどうか。

マナトは仰向《あおむ》けになって、頭を鷲摑《わしづか》みにされるふりをした。というか、実際に自分の両手で頭を鷲摑みにした。

「あああぁぁぁぁああああぁぁぁ……！」

痛い顔をして、悲鳴を上げてみせる。

「で──」

マナトは素早くゴブリンを指差した。それから、マナトにのしかかっているもの、まあ、そんなものはいないのだが、いると仮定して、それを指し示した。

「こいつね。隷兵《れいへい》。こいつを、きみがこう、がっ──って」

やや難しいが、なんとかマナトにのしかかっているものにゴブリンが組みついている状況を手振りで説明しようとする。

「これが隷兵で、その後ろからきみが、ね？　それで、きみが隷兵を、ガブッ──っと」

マナトは上の歯と下の歯を噛《か》みあわせた。噛むふりをしたつもりだ。すかさず自分の首筋を叩《たた》いてみせる。

「あいつの首に、ね。噛みついて。ガブッて。やってくれたでしょ？」

「アァ」

ゴブリンはこくこくとうなずいた。わかってくれたみたいだ。マナトは跳び起きて、あらためて頭を下げた。

「ありがとう！　すっごい、ほんとにマジで助かった！」

両手を合わせて、さらに深々と頭を下げる。

「めっちゃありがとう！　いぇーい！」

マナトが右手の親指を立てて片目をつぶってみせたら、ゴブリンもおそるおそるという感じではありながら、同じように右手の親指を立てた。

「おぉ、通じた！　やった！　嬉《うれ》しい！　あれ……？」

いつの間にか、ハル、ヨリ、リヨが近くにいた。三人とも地べたに腰を下ろしている。

「何してるの、みんな？」

「まあ、見物？」

ヨリは答えてから、ゴブリンに向かって手を振った。

ゴブリンがおずおずと手を振り返すと、ヨリはにっこりした。

「とりあえずマナトのおかげで、警戒心は解いてもらえたみたい」

ハルがあたりを見回した。

「どうやら今朝も彼一人のようだな」

マナトはゴブリンに直接確かめてみることにした。なんとなくだが、今なら身振り手振りを交えればいけそうな気がする。

「ええと、きみは、一人？　きみだけ？　他には？　仲間。いる？　仲間。わかるかな。きみ以外の、ゴブリン。仲間。いる？　どう？」

ゴブリンはゆっくりと、大きく、首を横に振った。そうしてから北西を、続いて、方舟を指した。さらに自分の胸を、とんとん、と叩いてみせた。

「あぁ。ダムローからここまで、きみ一人で来たんだ？　そっか。ううん。あれかな。ばらばら？　散り散りになっちゃったのかな。大変だったもんね。あの、何だっけ。聖者か。そうだ。ただりえもん？　だっけ」

「……タイダリエルだ」

ハルが言った。

「人間だったころは、タダさん——タダという名だった」

「そうなんだ。なんか、ハル、呼ばれてたもんね。ハルヒロォォ、みたいに。あんなふうになっても、わかるものなんだ？」

「記憶や知性は保持しているらしい。それでいて、別人だ。別物、と言うべきか」

「話は通じるけど、話しあうのは無理みたいな感じ？」

ヨリが訊くと、ハルは首を縦に振ってみせた。

「そうだな。もしおれがルミアリスに帰依すると誓えば、また話が変わってくるのかもしれないが」

マナトには思いあたる節があった。

「言われた、言われた。光に帰依しなさい、とかって。いやだったから断ったけど。そしたら、死ねだって。断らなかったら、どうなってたのかな？」

「おれも、その場面を見たことはない。帰依を望む者には、何らかの方法で六芒光核《ろくぼうこうかく》を埋めこむのか、出現させるのか。とにかく、脳内に一度、六芒光核を宿してしまったら、自分の意思で光明神ルミアリスへの信仰を捨てることはできないだろう」

「みんな、ああなっちゃうんだ。うっわ。やだなぁ、それ。断ってよかった。……あっ」

ゴブリンをほったらかしにしていた。慌てて視線を戻すと、ゴブリンと目が合った。

「ごめんごめん。話が逸《そ》れちゃって。えっと、きみは、あれだよね。一人で、行くところもない？　養殖場で生まれたのかな。あそこに戻ってもね。ただりえる……じゃないや、タイダリエルか、聖者に壊されちゃってたし。あんなとこにいてもなぁ。ていうか、裸だね。何も着てなくて平気？　服。わかる？　この、体に着てる……こういうの。ずっと裸だろうし、大丈夫なのかな」

「おれが何か適当に見つくろって持ってこよう」

ハルは立ち上がってマントを脱ぐと、マナトにそれを手渡した。

「羽織るだけでも少しは違うはずだ」

「これ、あげていいの？」

「かまわない。同じものをいくつか持っている。というか、自分で作ったんだが」

「わぁ。じゃ、ハルとお揃《そろ》いってことだ！」

ハルはいったん方舟《はこぶね》に戻った。マナトはハルのマントを広げて持ち、ゴブリンにそっと近づいた。

「着せるね？　これ。ちょっと大きいかな。引きずらないといいけど。どうかな」

ゴブリンはいくらか緊張しているようだ。背中にマントをかけると、ゴブリンは一瞬、身を硬くした。それから、振り返ってマナトを見た。

「こうやって」

マナトは胸のあたりでマントをかき合わせる仕種《しぐさ》をしてみせた。ゴブリンはすぐにマナトの真似《まね》をした。

「そうそう。あったかくない？　まあ、べつに寒いってこともないけど。どう？」

ゴブリンはマントを引っぱったり緩めたりした。ハルのマントにはフードがついているので、それを被《かぶ》ってみたり、外してみたり。丈は、ゴブリンが立っても余ってしまう。やはり大きすぎるようだが、脱ごうとはしない。

ヨリが、ふふっ、と笑った。

「意外と気に入ってるんじゃない？」

†

ハルは白い肌着と短いズボン、それと袖のない上着を持ってきた。サイズが小さいものだと、これくらいしかなかったらしい。ただ、時間さえあれば、たいていのものはハルが作れるという。

　ゴブリンに服を着させるのは、そこまで手間取らなかった。ヨリとリヨにはあっちを向いてもらい、マナトが一度、自分の服を脱いで、着てみせた。そうすると、ゴブリンは見様見真似で服を着た。マントはどうするのか。ゴブリンは、ハルが同じ見た目の替えのマントをつけているのを確かめた。そのあとで、ハルからもらったマントを羽織った。しかも、わざわざハルのほうに顔を向けて、いいのか、と尋ねるように首を傾けてみせた。

「もちろんだ」

　ハルが少しだけ笑ってうなずくと、ゴブリンはなんと、頭を下げた。

「……アァー……トォ」

　これにはマナトだけじゃなくて、みんな一様に驚いた。

「ありがとうって言った……」

　呟《つぶや》いたヨリの隣で、リヨが目を丸くしている。

「たいした学習能力だな」

　ハルはマナトに仮面を向けた。

「昨日、彼に助けられたと言っていたが」

「そうだよ。命の恩人。あと、ゴブリンたちをあの檻《おり》みたいな車から出そうとしたら、なかなか出てきてくれなくて。まごまごしてる間に、見張りの隷兵が来ちゃったんだけど。そのことを教えてくれたゴブリンがいるんだよね。それもこの人だと思う」

「そういえば」

リヨが片手を上げて言った。

「外にいたゴブリンが一人、檻の中に引き返した。逃げようとしない仲間たちを引っぱって、わたしを手伝ってくれた。思えば、あれもその子かもしれない」

「おぉ……」

マナトはなんだか無性にゴブリンに抱きつきたくなった。でも、いきなりそんなことをしたら怖がらせてしまいそうだ。

「すごいね、きみ。なんか、すごいよ。仲間思いで、関係ないこっちのことまで助けてくれて。それなのに、一人きりでここまで来たのかぁ……」

むずむずしてきた。この気持ちは何だろう。一暴れしたい。かといって、叩いたり蹴ったりしたいというわけじゃない。とにかくじっとしているのが苦しい。何かしたいというか、なんとかしたいというか。

「ついでに持ってきたんだ」

ハルがゴブリンに布の包みを差しだした。包みを開けると、中身はマナトたちも朝食のときに食べたパンだった。コメともムギとも違う穀物の種子を粉にし、水を加えて練って少し寝かせ、焼いたものらしい。ふかふかしているというよりもっちりしていて、若干酸味を感じたが甘みもあり、なかなかおいしかった。

ゴブリンがマナトを見た。

「……ゥムァ?」

「あぁ。それは、食べ物。食べられる。食べる。わかる?」

マナトは手でパンを掴《つか》むふりをして、自分の口のところに持っていった。

「あむあむあむ。食べ物。きみ、おなかすいてるんじゃない? おなか。ぺこぺこなんじゃない?」

「……ゥグゥ」

ゴブリンはぺろぺろと唇を舐《な》めた。うつむいて、腹を押さえている。

「口に合うかわからないが、食べてみるといい」

ハルはパンを持つ手をゴブリンに近づけた。ゴブリンはパンに鼻先を寄せて、匂いを嗅いだ。顔をしかめている。かなり迷っているようだ。でも、やはり空腹だったのだろう。両手でパンを掴むと、ハルの掌の上から静かに持ち上げた。

ゴブリンはまずパンを舐めた。何度も舐めた。焼いたパンの表面はやや硬いし、何だこれ、という感じかもしれない。次に、ちょっとだけ齧《かじ》った。咀嚼《そしゃく》して、のみこむ。

「……ンン……ゥフ……」

よくわからない、という表情だ。ただ、食べられなくはなかったらしい。ゴブリンは一度目より大きく口を開け、パンにかぶりついた。

「ンン……ォフ……」

　ゴブリン的に、おいしくはないのか。それでも、あっという間にパンを口の中に入れてしまった。両手で口をふさいで、よく噛《か》んでいる。のみくだした。

「ハァ……」

　ゴブリンは口から手を外して一息つくと、右手の親指を立ててみせた。マナトが親指を立て返すと、ゴブリンはハルに頭を下げた。

「アァートォ」

　ハルはくすっと笑った。

「どういたしまして」

「よし！」

　マナトが右拳で左手を叩《たた》くと、ゴブリンはびくっとした。

「あっ、ごめん。びっくりさせちゃった？　えっと、じゃなくて、だから、きみ、一緒にいるのはどうかなって。どこかに行きたいなら、止められないけど。そうじゃなかったら。一人だと……ううん、何だろ、きっと危ないし？　困ると思うんだよね。色々。それこそ、食べ物とかもさ。だめかな、ハル？　ヨリとリヨはどう思う？」

「おれは、とくに――」

　ハルはゴブリンを見た。

「彼次第だな」

「ウゥ？」

ゴブリンは自分を指さして頭を傾《かし》げた。よくわかっていないようだ。それはそうか。ただでさえ言葉が通じないのに、だらだらと長く話してしまった。

「きみ次第かぁ」

マナトは中腰になってゴブリンと目の高さを合わせた。

「ハゥ……」

ゴブリンは右方向に倒していた頭を左方向に傾けた。

ヨリがマナトの隣に並んで腰を屈《かが》めた。

「きみはどうしたいの？　ヨリはマナトに賛成だけど。ていうか、きみの意思を無視すれば、ヨリたちが保護したほうがいいと思う。もし隷属に見つかったら、捕まって養殖場に逆戻りか、食べられるかでしょ」

「……ワウ」

「うん。よくわからないのは、わかってる。だけど、きみは頭がよさそうだし、一緒にいれば、だんだん理解できるようになるよ。こうやって目を見てれば、感じる。きみはすごく考えてるし、ヨリが言ってることをわかろうとしている。ね、きみ、そのマント、気に入ってるの？」

　ヨリはゴブリンが身にまとっているハルのマントをちらっと見ただけだった。他に何の身振りもしていない。それなのに、ゴブリンはマントをぎゅっと摑んだ。そうして、長い裾をたくし上げようとするようにマント全体を持ち上げる。ゴブリンはうなずいた。

「マァ……ト。キィ……テゥ」

「そっか」

　ヨリは微笑《ほほえ》んでゴブリンの頭を撫《な》でた。ゴブリンはヨリの手をよけようとせず、ひとしきり撫でられていた。いやではないようだ。むしろ、なんとなく心地よさそうというか、喜んでいるようにも見える。

「名前」

　リヨが呟いた。

「その子に呼び名があるなら、教えて欲しい」

「どうだろうな。名前か……」

　ハルは腕組みをした。本人に訊《き》いてみればいい。マナトは自分を指さした。

「マナト。マ、ナ、ト。マナト！」

「……マァ……ト？」

「あぁ、それだとマントとい一緒になっちゃう。マ！」

「マ」

「ナ！」

「ナァ」

「ト！」

「……ト」

「そう。マナト！」

「マナァト」

「うん。そんな感じ。で――」

「ヨ、リ」

ヨリは自分の顎に人差し指を当ててみせた。それから、マナトを指し示して「マナト」と発音し、人差し指をもとの位置に戻した。

「ヨリ」

ゴブリンはうなずいた。

「……ヨリ」

「そっ。ヨリ」

「わたしは」

リヨは手で胸を押さえた。

「リ、ヨ」

「……リヨ」

「おれは、ハル」

ハルがそう名乗ると、ゴブリンは淀《よど》みなく呼んだ。

「ハル」

「そうだ。おれは、ハル。きみは？」

「……キミィ」

ゴブリンはハルを真似《まね》たのか、腕を組んだ。

「マナト。ヨリ。リヨ。ハル。……キミィ。アァ……ワダ……フィイ……カッカァ……」

「グリムガルのゴブリン語？」

ヨリが小声でハルに訊いた。ハルは首を横に振った。

「いや。ゴブリンは独自の言語を持っていたが、どうもそれとは違うようだ」

「ヨリは竜飼いの師匠から少しだけゴブリン語を教わったけど、共通点がない感じがする。ゴブリン語には、裏音《うらおん》っていう特徴的な喉の鳴らし方があって。痰《たん》を切るときみたいな。聞いてても、それがまるで出てこない」

「アァク」

ゴブリンが自分を指さして、舌を、チチチッ、と鳴らしながら、顔の前で両手を何度か交差させた。

「チャア。イァ。ナァ。バァ。ボォ」

「おぉ」

マナトが二、三回うなずくと、ゴブリンは両手の指で自分の顔をさわった。

「タァ、タァ。ワダァ。フィイ」

「そっかぁ」

「ボッペェ。バァ。ボォ」

「なるほどね」

「わかるの？」

ヨリが目を瞠《みは》った。

「この子、なんて言ってる？」

「や、わかんない」

「完全にわかってるふうだったでしょ……」

「なんとなくね。名前っていうのはないんじゃない？　呼び方みたいなのしかない、みたいな。そういう感じ。だよね？」

マナトが尋ねると、ゴブリンは大きく首を縦に振ってみせた。

「タァ、タァ」

「タタ！」

　マナトはゴブリンの肩に手を置いた。ゴブリンは少しぎょっとしたようだが、マナトの手を振り払おうとはしなかった。

「……タタァ?」

「うん。タタ。マナト、ヨリ、リヨ、ハル、で、きみは、タタ」

「キミィ……タタ」

「タタ!」

「タタ」

　ゴブリンは自分を指さして、繰り返した。

「タタ」

「これでいこ。タタ!」

「コェーデ……コ。タタ!」

「タタ、仲間。みんな、タタの仲間。マナトも、ヨリも、リヨも、ハルも、タタの仲間だよ。みんな仲間!」

「ナカマァ。マナト。ヨリ。リヨ。ハル。タタ。ナカマ。ミンナ」

「仲間!」

　マナトが右手の親指を立てると、ゴブリン、いや、タタもすぐさま同じ仕種《しぐさ》をした。だめだ。もう我慢できない。マナトはタタを抱きしめた。

「タタ！　助けてくれてありがと！　一人でここまで来てくれて、ありがと！　よかった。マジよかった。仲間だよ、タタ！」

「……フォ……ゥオ……」

タタは全身を硬直させて呻《うめ》いた。放したほうがいいだろうか。マナトがそう思いはじめた矢先だった。タタは両腕をマナトの背中に回した。抱き返してくれている。

「ははっ！　タタ！」

マナトは笑ってタタを持ち上げた。そのままぐるぐる回った。一応、タタがいやがったらすぐにやめるつもりだった。

「オゥッ、ウォウッ」

でも、笑っている。と思う。

「もっと!?　もっと回る!?」

「ワァウ、ホァッ」

「まだまだ!?」

「フゥオッ」

「……いいかげんにしときなさいよ？」

ヨリに言われた。

「え!?　なんで!?」

「目が回るでしょ」

「大丈夫！　ぜんぜん回らない！」

「マナトが大丈夫でも……」

「アゥッ、オフッ、ゲェッ、ブフォッ……」

「タタ!?　どうしたの!?」

「だから言ったのに……」

12・闇の涙

ダムローへ向かうにあたって、タタをどうするべきかという問題が浮上した。タタにしてみれば、せっかく養殖場から脱出して、旧オルタナ、方舟《はこぶね》まで逃げてきたのだ。養殖場があるダムローに行きたいだろうか。二度と戻りたくない、近づきたくもない、と思っていたとしてもおかしくはない。

留守番させる案も出たが、タタはマナトたちから、とりわけマナトから離れたがらなかった。身振り手振りでダムローに行くことを説明すると、理解してくれているのかどうかは不明だが、うなずいてみせた。

まあ、途中でタダが不安がったり、引き返そうとしたりしたら、そのときまたどうするか考えればいい。マントが長すぎて少々動きづらそうなので、首の周りに巻きつけるようにして、仮の裾上げをした。あとでハルが丈を短くしてくれるという。

タタは小柄だが健脚で、マナトたちがとくにゆっくり歩かなくても平気でついてきた。話しているうちにどんどん単語を覚えて、マナトの質問に答えるだけじゃなく、タタのほうから色々訊いてくるようになった。よく、フシャシャッ、と笑うし、顔をしかめて、フィーフィー、と不満を示すこともある。どうやら「タァ」は、自分、という意味のようで、タタは、タァ、タァ、から発想したので、自分、自分、自分自身、みたいなことになってしまう。マナトは勢いで名づけてしまったが、いいのだろうか。タタが納得しているようだし、いいのか。

「おそらく、だが」

マナトとタタのやりとりを見ていたハルが、こんなことを言った。

「おれたちが養殖場で目の当たりにした状況は、あくまでも一側面でしかないんだろうな。あれほど過酷な環境の中でも、ゴブリンたちはただひたすら苦しみ、絶望しているだけじゃない。互いにコミュニケーションをとって、精一杯、できうる限りの生活を営んでいる。あんな場所で喜びを見いだしたり、希望を抱いたりできるわけがない……そう決めつけるのは間違いで、結局、彼らを侮っているんだろう」

「たしかに」

ヨリが同意した。

「タタは頭がいいから、傑出したスーパーゴブリンだって思いたくなるけど、そんなこともないだろうし。やっぱり、ゴブリンたちを一人でも多く、外に出してあげないと」

「タタはヨリたちがやろうとしていることを理解しているのかもしれない」

リヨが低い声で言った。

「そして、自分も力になりたいと考えている。だから、ついてきた」

やがて遠くから爆発音のような聞こえるようになってきた。

間もなくダムロー旧市街だ。行く手に防壁の残骸が見える。ハルが呟《つぶや》いた。

「タダさん——タイダリエルか……」

「気になってたんだけど」

ヨリが足を止めて訊《き》いた。

「ハルヒロにとって、あの聖者はタイダリエルなの？　それとも、昔、知り合いだったタダっていう人なの？」

「それは——」

ハルは仮面を外したら口があるあたりを手で押さえて言葉を失った。

タタがじっとハルを見つめている。ちょこちょことハルに近づいていって、マントの裾を摑《つか》んだ。

ハルはそれに気づくと、タタの頭をそっと撫《な》でた。

「心配してくれているのか。やさしいな、タタ。でも、きみと比べたら、おれの迷いや悩みなんてくだらない。ただ進む気力をなくして、立ち止まっていただけなんだ。考えるのも億劫《おっくう》で、悩むことから目を背けていた。迷っていたとさえ、たぶん言えない」

「ハル……ダイジョブ？」

「ああ。大丈夫だよ」

ハルにもう一度、頭を撫でられると、タタは、フシャッ、と短く笑った。

「さっきの質問の答えだが」

ハルはヨリに向き直った。

「おれにとっては、ルミアリスに仕える乱震の聖者タイダリエルになってしまっても、タダさんはタダさんだ。帰依者にしろ、隷属にしろ、ルミアリスやスカルヘルを信仰していたといっても、身も心も捧《ささ》げてあんなふうになることを望んでいたなんて考えられない。神と呼ばれる圧倒的な力を持つ存在が、彼らを強制的に服従させたんだ」

「つまりハルヒロは、あのままでいいとは思ってないってことだよね」

「そうだな。ヨリ、きみの言うとおりだ。正直、少しも思っていない。タダさんは変わった人だったが、自分の気持ちや、大切にしているものに忠実で、そこがぶれることは決してなかった。節を曲げるか、命を捨てるか。そんな二択を突きつけられたら、ためらわずに後者を選ぶ。そういう人だったんだ。タダさんだけじゃない。尊敬する先輩……戦友たちが、何人も……神によって、運命をゆがめられた」

「もとに戻せないの？」

マナトが尋ねると、ハルは首を横に振ってみせた。

「わからない、が……たとえば帰依者なら、六芒光核《ろくぼうこうかく》を取り除かないと、神の支配から解き放たれることはないだろう。そして、六芒光核は脳のような生命活動を司《つかさど》る場所に巣くっている。それを除去して生存を維持できるのか。控えめに言っても、至難だ」

「んん……」

マナトはハルの話を頭の中でまとめてみた。いや、まとめるまでもない。ハルの言い方は少し回りくどかったが、難解というほどでもなかった。でも、結論をはっきり口に出すのは気が引ける。

そういうことか。

ハルは立ち止まって、悩むのも迷うのもやめていた。マナトもハルの立場なら、同じだったかもしれない。だって、ずいぶんひどい話だ。

「死ぬことでしか、神から逃れられない」

ヨリはそう言うと、ため息というには強すぎる勢いで息を吐いた。

「彼ら、彼女らを救うには、殺すしかない。ハルヒロの戦友だったってことは、当然、ひいお祖母《ばあ》ちゃんとも繋《つな》がりがあった。そうでしょ?」

「ルオンの——」

ハルはうつむいて、頭を震わせるようにうなずいた。

「きみたちの祖父が生まれたとき、みんなで祝った。誰も彼も、心の底から喜んで……あの日のことは、ありありと思いだせる」

「ひいお祖母ちゃんは暁村っていうところにいたんだよね」

「ああ。ルオンは暁村で生まれた」

「暁村で何かが起こって、ひいお祖母ちゃんはお祖父《じい》ちゃんを連れて逃げた。でも、そのときのことは教えてくれなかった。ヨリには何だって話してくれたのに、暁村をあとにして、船に乗ってグリムガルから離れるまでの間にあった出来事は、どうしても思いだしたくないみたいだった」

「……暁村には、幼子を抱えたユメを守るため、仲間が何人か残っていた。全員女性だったが……その中には、ルミアリスを信じる者と、スカルヘルに仕える者もいたからな」

「彼女たちは、殺しあった？」

「おそらく。ユメとルオンが巻きこまれなかったのは、奇跡だ。ただ、運がよかっただけじゃないだろう。誰かが二人を命懸けで逃がそうとしたに違いない。暁村で生まれた新しい命。ルオンはおれたちの希望だった」

「だから、ひいお祖母ちゃんは、何がなんでも生き延びて、お祖父ちゃんを守り抜かなきゃいけなかった」

「アラバキア王国暦七二〇年一月一日」

　リヨが書物でも読み上げるように言った。

「一族とカンパニーの共同事業として天竜山脈の南に進出を開始。同年三月七日、カンパニーがアラバキア王国残党との接触に成功したことをきっかけに、事業が本格化。当地には十七の獣神族《じゅうしんぞく》が盤踞《ばんきょ》しており、獅子神族《ししんぞく》の王オブドゥーがその頭領だった。わたしたちの祖父ルオンは、七二二年九月九日、オブドゥーに一騎討ちを挑み、敗北。深手を負い、その傷はついに完治することなく、七二四年二月二十三日、ひいお祖母ちゃんたちに看取《みと》られて生涯を終えた」

リヨの口調はどこまでも淡々としている。

「祖父が亡くなったとき、ひいお祖母ちゃんは涙なんて一滴も出なかったと言っていた。祖父は生きたいように生きた。自分がやるべきと信じることだけをひたすらやり抜き、少しも悔いてはいなかったと。だから、ひいお祖母ちゃんも悲しくはなかったのだと」

でも、わずかに伏せられたリヨの両目は水気を帯びて光っていた。

「なぜ祖父は、身の丈四メートル以上の怪物めいたオブドゥーと、よりにもよって一対一で決着をつけようとしたのか。いくらなんでも無謀ではないかと幼心にわたしは思い、ひいお祖母ちゃんにそう尋ねました。ひいお祖母ちゃんの答えは、明らかにそれがもっとも犠牲を少なくし、かつ迅速に戦いを終わらせる方法だったから。オブドゥーを殺す必要すらない。ただ正々堂々打ち負かし、彼に代わって祖父が十七獣神族の頭領、王になれば、戦いを終わらせることができる。祖父はその可能性に賭けた。一刻も早く天竜山脈以南の地を平定して、グリムガルに行きたかったから。生まれ故郷に。何より、ひいお祖母ちゃんをグリムガルに連れていきたかった。けど——」

リヨの声が揺れて、乱れた。一瞬だった。

一つ息をつくと、リヨはまた平板な声音で話を続けた。

「祖父は賭けに敗れて願いは叶《かな》わなかった。オブドゥーがようやく打倒されたのは祖父の死から十五年後の七三九年三月十七日。祖父を除いて、オブドゥーに一騎討ちを挑んだ者は一人もいない。最後には数百人の精鋭がオブドゥーを包囲し、嬲《なぶ》り殺《ごろ》しにした。あれはむごたらしかったとひいお祖母ちゃんが。それから二十三年。ヨリとわたしがようやくグリムガルへ。本当は、ひいお祖母ちゃんを連れてきてあげたかった。できることなら祖父も一緒に」

「……リヨ。何の話？」

ヨリが呆《あき》れたように顔をすくめると、リヨは頭を下げた。

「ごめんなさい」

「おれは――」

ハルは右手を持ち上げて開き、ゆっくりと握った。

「神が憎い。みんなを救いたい。でも、無理だ。あの人たちを……この手で、あの人たちの息の根を止めるなんて」

「無理じゃないよ」

ヨリは口許《くちもと》をゆるめた。目はちっとも笑っていない。ダムローを囲む防壁の残骸を睨《にら》みつけている。

「ヨリとリヨがいる。ぜんぜん無理じゃない。ヨリたちは、養殖場をぶっ潰してゴブリンを解放するし、お祖父ちゃんの誕生を祝福してくれた人たちを、神の僕《しもべ》なんかじゃなくて、人としてちゃんとこの世から送りだす」

「ハル！」

マナトはハルに向かって右拳を突きだした。

「手伝う！　今のところ、けっこう助けられてばっかりだけど、そのうち助けられるようになるから！」

「……いや」

ハルはマナトの右拳に自分の右拳を押しあてた。

「マナトにはもう助けられている。きみと出会ってからというもの、まるで長らく止まっていた時間が動きだしたかのようだ」

「ホゥイッ！」

タタがマナトの真似《まね》をして、右手を握り締めて突き上げた。ハルはタタの拳にも拳を軽くぶつけた。

「そうだ、タタ。きみも仲間だ。昔のおれにも仲間がいた。忘れていたわけじゃない。忘れられるはずがないから、せめて思いださないようにしていた。おれは、自分自身がやるべきことから逃げ回っていたんだ――」

養殖場からゴブリンたちを逃がす。それに、ハルの戦友だった帰依者や隷属たちを、神の支配から解放する。やることが増えて、マナトは元気が出た。できるかどうかはよくわからないが、行くべき道があればとりあえず進んでゆける。一人きりだったらそんな気にもなれないかもしれないけれど、ハルがいて、ヨリとリヨがいて、タタもいるのだ。

マナトたちは壁の残骸を越えてダムロー旧市街を進んだ。タタがいた養殖場は完全に破壊されていて、掘られた穴も瓦礫《がれき》で半分埋もれていた。ゴブリンの姿はなかった。ゴブリンの遺体すら見あたらなかったのは、正直ちょっと意外だった。タタは当然、思うところがあるだろうが、養殖場跡を黙ってしばらく眺めていただけで、何も言わなかったし、何かしようともしなかった。

爆発音めいた音は、西へ、新市街方向に歩を進めれば進めるほど、大きくなってきた。タイダリエルことタダが暴れているのだ。ほぼ一定のリズムで、あの巨大ハンマーみたいな両腕を何か硬いものに叩《たた》きつけているらしい。

「E'Lumiaris, Oss'lumi, Edemm'lumi, E'Lumiaris,――」

やがて帰依者たちの歌声も聞こえてきた。

「Lumi na oss'desiz, Lumi na oss'redez, Lumi eua shen qu'aix,――」

爆発音と歌声が入り混じって、一つの音楽のように聞こえなくもない。

「Lumi na qu'aix, E'Lumiaris, Enshen lumi, Miras lumi,――」

歌声も、爆発音も、かなり大きい。そうとう近づいているはずだ。

「Lumi na parri, E'Lumiaris, Me'lumi, E'Lumiaris.――」

このあたりは木々や廃墟《はいきょ》に遮られて、だいぶ見通しが悪い。ただ、下草が踏まれていたり、茂みの枝が折れていたりするから、ごく最近、ここを通った者たちがいたことは間違いない。帰依者たちが歩いていった跡だろう。

急に視界が開けた。その先には、石じゃないのか、緑色の壁が立ちはだかっていた。壁は左右にどこまでも続いている。いや、左のほうの壁は一部が突き崩されていた。タイダリエルの仕業なのか。きっとそうだ。

「E'Lumiaris, Oss'lumi, Edemm'lumi, E'Lumiaris,――」

例の歌声と爆発音も、そっちの方向、左前方から聞こえてくるような気がする。

「Lumi na oss'desiz, Lumi na oss'redez, Lumi eua shen qu'aix,――」

「行ってみる？」

ヨリが訊《き》いた。ハルは答えない。迷っているようだ。

「危なそうだったら、すぐ逃げちゃえばいいよ」

マナトが言うと、タタがぴょんと跳ねた。

「アブナァ、スニゲェ、イィー！」

「……わかった」

ハルはうなずいた。

「おれが先導する。ヨリ、マナト、タタ、リヨの順でついてくるんだ。みんな周囲に注意を払ってくれ」

「了解」

「うん！　タタ、後ろね」

「アィッ」

「はい」

ハルが緑色の壁に向かって歩きだした。ヨリはほとんどハルにくっついている。マナトはタタの顔を見た。タタはとくに緊張している様子もない。たぶん、マナトのほうが興奮している。タタは好奇心が強そうだが、それ以上に度胸が据わっているのだ。

「行こう」

マナトが声をかけると、タタは「アィッ」と短く応じた。置いていかれたらまずい。マナトは急いでヨリを追いかけた。タタがついてくる。もちろん、リヨもだ。

ハルは緑色の壁を背にして左方向に進むようだ。この壁はなぜこんな色をしているのだろう。さわった感じだと、苔《こけ》に似ている。壁自体は硬いが、やはり石積みではなさそうだ。土をどうにかして固めたような壁に、苔がびっしりと生えているのか。

マナトは壁の上や旧市街側にも目を配りながらヨリに続いた。

「Lumi na qu'aix, E'Lumiaris, Enshen lumi, Miras lumi,――」

爆発音は相変わらずだいたい一定の間隔で轟《とどろ》く。歌声は、よく聞くと、わずかに大きくなったり小さくなったりする。

「Lumi na parri, E'Lumiaris, Me'lumi, E'Lumiaris.――」

たとえば、百人の帰依者たちが合唱しているとして、全員がずっと声を揃《そろ》えて歌っているのではなく、そのうちの何人か何十人かは歌ったり歌わなかったりする。そんな感じだろうか。

「E'Lumiaris, Oss'lumi, Edemm'lumi, E'Lumiaris,――」

帰依者たちはばらけているのかもしれない。たぶん、タイダエルの近くにはいるのだろうが、人数もそれなりに多いはずだし、一箇所に集まっているわけじゃなくて、ある程度、分散しているのだろう。

「Lumi na oss'desiz, Lumi na oss'redez, Lumi eua shen qu'aix,――」

もしかしたら、帰依者たちは、ダムロー新市街に住みついているという隷属たちと戦っているのかもしれない。戦いながら、歌っているのか。

ハルが止まった。

その先は壁が破壊されている。壁の上にも、旧市街側にも、変わったところはない。この一帯には帰依者も隷属もいないようだ。マナトたちしかいない。

ハルがふたたび移動しはじめた。ヨリの次に、マナトも壊れた壁の向こう側へと足を踏み入れた。

天井のない掘りたてのトンネルか、大きな洞窟みたいだ。壁の向こうの建物も、基本的には壁と同じ材質で出来ているらしい。しかも、隙間なく建物が乱立している。タイダエルは、その建物を片っ端からぶっ壊して突き進んでいるのだ。帰依者たちは、タイダエルが切り開いたというか、叩き砕いて作った道を行進しているのだろう。

「めちゃくちゃ……」

ヨリが言った。

「タダさんだからな」

ハルはそう応じると、左手を上げてマナトたちをいったん停止させた。何か気になることでもあるのか。

「Lumi na qu'aix, E'Lumiaris, Enshen lumi, Miras lumi,——」

ずっと前のほうで土煙が巻き上がっている。爆発音、いや、破砕音は止《や》むことがない。きっとあの土煙の中にタイダエルがいる。建物を壊しつづけている。

「Lumi na parri, E'Lumiaris, Me'lumi, E'Lumiaris.——」

ハルが上げていた右手を前方に振ってみせ、歩きだした。ヨリが、マナトとタタが、リヨが続いた。

「E'Lumiaris, Oss'lumi, Edemm'lumi, E'Lumiaris,……」

「Lumi na oss'desiz, Lumi na oss'redez, Lumi eua shen qu'aix,……」

「Lumi na qu'aix, E'Lumiaris, Enshen lumi, Miras lumi,……」

「Lumi na parri, E'Lumiaris, Me'lumi, E'Lumiaris,……」

破砕音が、歌声が、どんどん大きくなる。振動も感じる。タイダエルの馬鹿でかい金槌《かなづち》のような両腕で打ち砕かれ、削られて、土壁の大きな、あるいはそこまで大きくもない破片がごろごろしていて、平らではないにしても、さして苦もなく歩ける程度の状態にはなっている地面が、破砕音に合わせて震動している。それだけじゃない。土煙交じりの風が吹きつけてくる。マナトは目を細めた。咳《せ》きこみそうになって、腕で口を押さえる。

「E'Lumiaris, Oss'lumi, Edemm'lumi, E'Lumiaris,……」

「Lumi na oss'desiz, Lumi na oss'redez, Lumi eua shen qu'aix,……」

「Lumi na qu'aix, E'Lumiaris, Enshen lumi, Miras lumi,……」

「Lumi na parri, E'Lumiaris, Me'lumi, E'Lumiaris,……」

土煙のせいで靄《もや》っている。ハルがまた左手を上げて足を止めた。

「ひはぁはあぁぁぁっ……！」

はっきりと聞こえたわけじゃない。でも、聞こえた。笑い声か。タイダエルだろうか。

「っ——」

マナトは息をのんだ。タイダエルのものらしき笑い声を聞いて驚いたわけじゃない。この先にタイダエルがいる。それはわかっている。覚悟はできていた。だから、そうじゃなくて、いきなり後ろから誰かがマナトの左肩を摑《つか》んだのだ。

タタだろうか。マナトのすぐ後ろにいるのはタタだ。振り返ると、タタじゃなかった。リヨだ。リヨが右手を伸ばして、タタ越しにマナトの左肩を摑んでいた。リヨはマナトのほうを見ていなかった。来た方向に顔を向けている。

マナトもそっちに目をやった。前方よりは土煙が薄い。おかげでしっかり見えた。それがどういう形をしているのかは見てとれた。

小さくはない。マナトたちの中で一番上背があるリヨよりも、ずっと高い。背が高い、と言っていいのか。どうだろう。それは生き物なのか。色は黒っぽい。葉の落ちた樹木のようでもある。ただの枯れ木じゃない。果たして一本の木なのか。まるで、何本もの木が成長しながら寄り集まり、絡み合って、そのまま枯れようとしている。稀《まれ》にそんな木を森の奥で見かけることがある。言ってみれば木のお化けのような。ちょっと気味が悪い。木のお化けが、どこからか歩いてきたのか。移動してきたのは間違いない。だって、マナトたちはそれがいる場所を通りすぎた。さっきまで、それはそこにいなかった。

当然、それは木のお化けなんかじゃない。マナトもそのことは理解していた。でも、だとしたら何なのか。

腕、だろうか。黒っぽい腕。すごい数の腕。どうしてマナトがそう思ったかというと、手が、五本の指を備えた手のようなものが、その腕の先についていたからだ。どの黒っぽい腕の先にも、手がついているように見える。黒っぽい腕、数えきれない腕たちの集合体。でも、一箇所だけ、腕じゃない。真ん中より上のほうに、黒っぽい腕たちに囲まれて、その合間から、何か白いものがのぞいている。

「顔……？」

マナトは呟《つぶや》いた。顔。顔だ。人の顔。うっすらと目を開いている。たぶん、女の人だ。黒っぽい腕の集合体。顔がある。あれは何だろう。

「チビ……」

ハルの声がした。見ると、ハルも後ろを振り返っていた。チビ。ちび？

「鬼神だ、なんでこんなところに……」

「鬼神って——」

ヨリはハルに何か訊こうとしたのかもしれない。でも、途中でやめて、赤い剣を抜こうとした。

「よせ、相手が悪すぎる！」

すかさずハルがヨリを制止した。

「慚悔《ざんかい》のチェグブレーテ、彼女は言わば、ダムローの領主だ……！」

鬼神。領主。親玉ということか。ダムローに棲《す》みついている隷属たちの。乱震の聖者タイダエルは、光明神ルミアリスに仕える帰依者たちの上役なのだろう。慚悔のチェグブレーテは、暗黒神スカルヘル側の聖者タイダエルみたいなものか。

「E'Lumiaris, Oss'lumi, Edemm'lumi, E'Lumiaris,……」

「Lumi na oss'desiz, Lumi na oss'redez, Lumi eua shen qu'aix,……」

「Lumi na qu'aix, E'Lumiaris, Enshen lumi, Miras lumi,……」

「Lumi na parri, E'Lumiaris, Me'lumi, E'Lumiaris.……」

歌声が、破砕音が響き渡っている。

鬼神の腕が、というよりも手が、無数と言いたくなるほど多くの手が、その指が、曲がったり伸びたりしはじめた。

何しろ大きい。やばそうだ。きっと、絶対、やばい。それなのに、マナトは恐怖を感じていなかった。怖くないから楽しくもない。変な言い方かもしれないが、本物だという気がどうもしないのだ。鬼神、慚悔のチェグブレーテとやらは、本当にそこにいるのか。

「チビって言った」

ヨリは赤い剣の柄《つか》を握ったまま、放そうとしない。

「ひいお祖母《ばあ》ちゃんから聞いたことがある。チビちゃんって呼ばれてた人がいるって。でも、その人は神官だったはずじゃない？」

「……そうだ。彼女は神官だった。おれの目の前で、彼女は、自分の仲間を……たぶん、彼女が誰よりも信じて、愛していたに違いない男を――レンジを……」

そのときだった。

ひょっとしたら、ハルが、レンジ、という名を口にしたことが何か関係しているのか。鬼神の顔、そのうっすらと開かれた両目に、黒い液体が滲《にじ》んだ。涙なのか。黒い涙が白い頬を伝い落ちる。彼女は泣いていた。

途端にマナトは身震いした。

彼女はそこにいる。鬼神。かつてはチビという名で、ハルの戦友だった。神官で、おそらくルミアリスの帰依者になったはずなのに、どうしてか今はスカルヘルに従っている。

懺悔のチェグブレーテ。

ああ、黒い腕、手、腕、腕、腕、腕を蠢《うごめ》かせて、彼女が進みだす。

黒い涙を流しながら、迫ってくる。

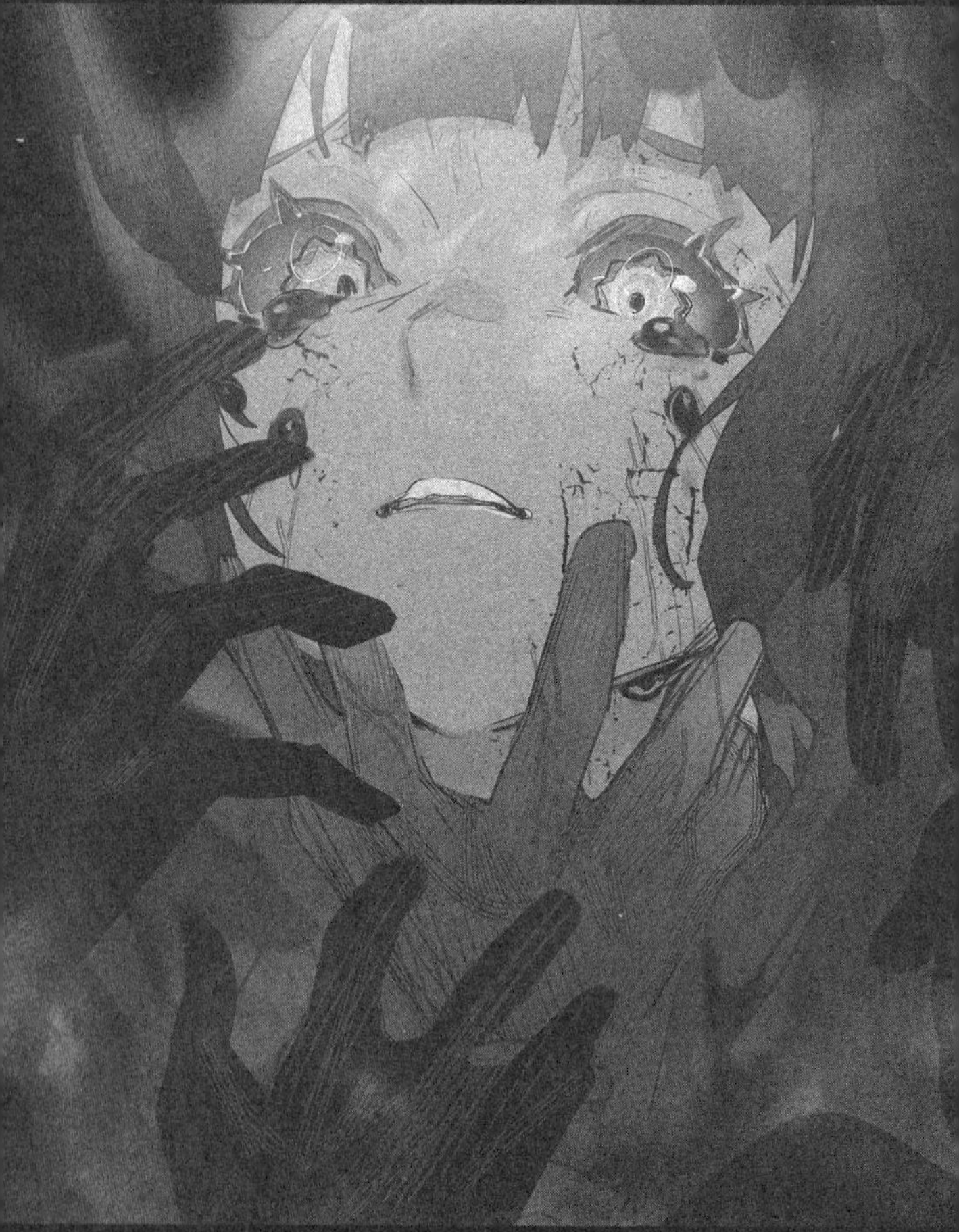

あとがき

そういえば、この『灰と幻想のグリムガル』を書きはじめたのはいつなんだっけ。ふと思ってファイルを調べてみたら、一巻初稿のタイムスタンプが2013／03／29で、そうか、もう十一年も経《た》つんだなと、当時を昨日のことのように思い返したと言いたいところなのですが、具体的な出来事はほとんど覚えていません。

だいたい、最初に本を出したのって――遡ってみたら、角川スニーカー文庫『薔薇《ばら》のマリアⅠ』が平成十六年ですから、2004年の十二月一日発行でした。

おい、ちょっと待てよ。

二十年経ってない？

嘘《うそ》だろ。

二十年って。

生まれた人間が二十歳になっちゃってるじゃない。

なんかね、ショックとかではないんですけれど、変な感じです。二十年って。まさかね。

二十年経っても、『薔薇のマリア』と変わらないわけじゃないですけれど、その延長線上には間違いなくあるこの『灰と幻想のグリムガル』みたいな小説を書いているとは想像していなかったんじゃないかと思うんですよね。いや、まあ、とくに何も想像していなかったような気もしますが、僕は同じことをやりつづけるというのが苦手なので、一応、毎回、少しでも違ったことをやりたい、今まで書いたことがないことを書きたいという気持ちはあるんです。

どうなんでしょうね。あの頃の自分と今の自分。変わっているんでしょうか。まったく変わっていないということはないと思いますが、大差ないんじゃないかという気もします。べつにどっちでもいいか、という気もしてきます。

グリムガル。新展開です。これからどうなるんでしょう。多少は、何だろう、物語の核みたいなものはあるのですが、細かいところは僕にもまだわかりません。せっかくなので、担当さんや白井さんとも意見を交換しながら書いてゆこうと思っています。

どうか今後とも、できれば末永くお願いします、ということで、担当編集者の川口さんと白井鋭利さん、ＫＯＭＥＷＯＲＫＳのデザイナーさん、その他、本書の制作、販売に関わった方々、そして今、紙の書籍であれ電子書籍であれ、本書を読んでくださっている皆様に心からの感謝と胸一杯の愛をこめて、今日のところは筆をおきます。なんとか年内に、またお会いできたら嬉《うれ》しいです。

十文字《じゅうもんじ》　青《あお》

作品のご感想、
ファンレターをお待ちしています

あて先

〒141-0031
東京都品川区西五反田 8-1-5 五反田光和ビル4階
ライトノベル編集部
「十文字 青」先生係／「白井鋭利」先生係

OVERLAP

灰と幻想のグリムガル level.21
光と闇を切り裂いて征け

発　　行　2024年5月25日　初版第一刷発行

著　　者　十文字 青
発 行 者　永田勝治
発 行 所　株式会社オーバーラップ
〒141-0031　東京都品川区西五反田 8-1-5
校正・DTP　株式会社鷗来堂
印刷・製本　大日本印刷株式会社

Printed in Japan　ISBN 978-4-8240-0762-9 C0193

オーバーラップ　カスタマーサポート
電話：03-6219-0850／受付時間 10:00～18:00（土日祝日をのぞく）